子猫とトランペッ

堀北 純生
HORIKITA Sumio

文芸社

子猫とトランペット吹き◆目　次

子猫とトランペット吹き

トランペットの音

子猫が、月明かりが入る少し開いた窓に両手を置き、遠くから微《かす》かに聴こえてくるトランペットの音色に聴き入っていました。その音は澄んでいて、温かく、哀《かな》しく、また激しく子猫の心に染み込んで、昨日まではあまり気にも留めなかった音が、今日は気になって仕方がなかったのでした。

「お母さん」

子猫が母猫に聞きました。

「なーに」

毛づくろいをしていたお母さんは手を休めて、子猫のほうに振り向きました。

「あのトランペットの音楽はどこから聴こえてくるの？」

子猫は耳をピンと立て、月の光を受け、窓の外に目を向けたままじっとしています。

「ああ、あのトランペットかい」

「うん、そうだよ」

親猫の半分くらいまで大きくなった子猫が答えました。

「あれは森の奥の銀杏《いちょう》並木の、そのまた奥の花壇のところから聴こえてきているんですよ」

「そんなにも遠くから聴こえてきているんだ」

「私はまだ行ったことはないんだけど、お前のお祖母《ばあ》さんがそう言っていましたよ。でも、最初はあまりうまくなかったって言ってましたっけねー、フフ」

「どれくらい前から聴こえているの？」

「そうねー。お祖母さんが生まれた頃には聴こえていたらしいから、十五年以上かしらね」

「そんなにも！　お祖母さんは、その人に会ったことはないのかな？」

「向こうの部屋のソファーの上にいるから、聞いてみたらいいでしょう」

「あとでいいや。私、ちょっと散歩に行ってきまーす」

「あっ、これ！　あまり遠くに行くんじゃありませんよ」

お母さんが全部を言わないうちに、子猫は窓からピョンと飛び出して見えなくなっていました。

子猫は森のトランペットの音のするほうへ行こうとしていました。すると、車がいっぱい通っている大通りに出ました。歩道を大勢の人たちが忙しそうに歩いています。

「すみませーん。あのトランペットはどこから聴こえてくるんですかー、誰《だれ》か教えてくださーい。ニャーンミャーオ、ニャーンミャーオ」

誰一人として、答えてくれる人はいません。

もう一度、

「ニャンミャン、ニャンミャオ」

と聞いてみましたが、振り向いてもくれません。

〈みんな耳が聞こえないのかなー〉

と思っていると、ポプラの木が話しかけてきました。

「町の人間たちには、猫の言葉はわからないよ、おチビちゃん。まあ、たまにわかってくれる人もいるにはいるんだけどね。トランペットの音は、大通りを渡って銀杏並木をまっすぐ行くと、すぐにわかるよ。僕はここにじーっと立っているだけだから詳しいことは知らないけど、よく小鳥たちが話しているからね」

「どうもありがとう！　帰りにまた通るからね、バイバイ」

お礼を言うと、子猫は尻尾《しっぽ》をふりふり大通りを渡っていきました。

「気をつけて行くんだよ。ああ、もう行ってしまったよ」

ポプラは心配顔で見送りました。

少し行くと、ものすごく大きなグラウンドが見えてきて、左右には野球場と競技場がそびえ立っていました。その向こうには、国会議事堂のような石造りの大きな建物が見えています。

「お母さん、こんな建物があるなんて言ってなかったのに。お母さんは、本当にここには来たことがないのかもしれないな」

恐怖心を紛《まぎ》らすために、一人で呟《つぶや》きながら歩いていました。

トランペットの音が、少し大きく聴こえてくるようになりました。

若葉を枝いっぱいに携えたサクラの木があり、歩道の端には散ってしまった花弁がほんの少し残っていました。

「サクラさん、銀杏並木って、どっちに行けばいいか、知りませんか？」

「あら！　花が散ってしまったのに、話しかけてくるなんて。子猫ちゃんですか。私はまたいつもの人かと思いましたよ」

「いつもの人？　それって人間？」

「そうですよ。ほら、この銀杏並木の端の花壇でトランペットを吹いている人ですよ」

「ここが銀杏並木だったんだぁ！　ワーイ」

子猫の目が輝きました。銀杏並木は、サクラの木のすぐ隣から始まっていたのです。

「子猫ちゃんはどうしてここまで来たの？」

「いつもあのトランペットの音が聴こえてくるので、どんな人が吹いているのか知りたくて。でも、町中で人間たちに聞いたのに、誰も答えてくれなくて、ポプラの木のおじさんが教えてくれたの。サクラさんは、人とお話ができるの？」

「言葉にはならないけれど、人間の心はわかりますよ。私が花を咲かせている間は、大勢の人が『綺麗《きれい》だねー』と言って見上げてくれるけれど、花が散ったあとは、もうほとんど見向きもしてくれません。だから花を咲かせている間は、みんなに見てもらうために、花弁を下に向けて一所懸命に咲かせるんです。今の時期は、ほっとひと息ついています」

「ほら、さっきトランペットを吹いている人って言ったでしょう?」

「ああ、あの人はいつも挨拶《あいさつ》をしてくれますよ。冬の寒い日でも、雨の日、風の日、夏の暑い日でも、会えば必ずね」

「どんなお話をするの?」

子猫は尻尾の先を嬉《うれ》しそうに動かして聞きました。

「挨拶だけですけど、とってもいい感じですよ。これから、あなたも会いに行くんでしょ? たぶんお話しできると思いますよ」

子猫はそれを聞くと尻尾をピンと立てましたが、すぐまた力を失って座ってしまいました。

「どうしたんです?」

子猫のしょげた姿を見て、サクラが言いました。

「ポプラの木のおじさんに、町の人たちには、猫の言葉がわからないって言われたの。それに、どんな人かもわからないし……」

「大丈夫ですよ。世の中、いろいろな人がいますからね。隣の銀杏のおじさんに聞いてごらんなさい」

「あの人は優しいよ」

どこからか声が聞こえてきます。見ると、銀杏の木の幹にいたアリさんです。

「ボクが土から這《は》い出してヨタヨタ歩いていたら、『オーット危ない。こら、踏み潰されるぞ！　そうか、もう春なんだなー。俺《おれ》、この時期にアリさんを見つけるとすごく嬉しくなるんだ。この道路は、アスファルトなんだから、踏み潰されたら終わりだぜ！』って言って、花壇の土の上に指でそーっと逃がしてくれたんだ。ボクはまだ頭がボーッとしてたから、悪いのはボクのほうなんだけど。だから安心していいよ」

早口でそれだけ言い終わると、またセカセカと幹を上へ下へと忙しそうに働き始めました。

「私の出番はなかったようだなあ」

銀杏の木のおじさんは、子猫とサクラの木に笑いかけ、ゆったりと幹を揺らしながら言いました。

アリさんの言葉に励まされた子猫が、また尻尾をピンと立て花壇のほうへ歩き出すと、さっきのアリさんが、

「でもあの人、口は悪いよ。言いたいことを率直に言う人だからね」

また早口で言いました。

「みなさん、どうもありがとう。ちょっと勇気が湧《わ》いてきたよ。じゃあ、行ってきまーす」

元気よく、並木道を花壇のほうへ駆けていきました。

いよいよトランペットの音が、大きく聴こえてきました。

右手にはラグビー場があり、その手前の歩道側にはテニスコートがあります。少し行くと、レストランと中華料理のお店が並んであり、大勢の人で溢

れていました。そこから、レンガで囲った花壇の前に自転車を止めて、ツツジの枝が窪《くぼ》んだところに腰をかけ、トランペットを膝《ひざ》に置いて何か考えているような人の姿が見えました。

しばらく眺めていると、レンガの下のU字溝の穴からネズミさんが顔を出しているのがわかりました。なんと、その人は、ネズミさんとお話をしているではありませんか！

突然、レストランから大勢の人がガヤガヤと出てきて、子猫は慌ててT字路になっている車道を渡って、反対側の同じような花壇の中に逃げ込みました。

耳を澄まして様子を窺《うかが》うと、ネズミさんはトランペットを吹いている人をからかっているようです。アッチへうろうろ、コッチにうろうろ。

「いい加減にしろよな、お前と遊んでいる暇はないんだよ。うろうろするな！
この野郎」
それを聞いた子猫は、ちょっと怖気《おじけ》づいてしまいました。

ツツジさん

「何をしてるの?」

突然、耳元で言われたのでびっくりして見ると、ツツジさんでした。

「向こうへ行きたいんでしょう。早く行きなさい。私たちだって向こうの花壇に行きたいのよ。向こうのツツジたちは私たちより何倍もの花を咲かせるんだもの。トランペットの音楽のせいでね。でも、私たちは行きたくても行けないの」

半ばあきらめの面持ちで、子猫に言いました。

「でも、ツツジさん。ここでも、トランペットの音楽は聴こえるんじゃあないの？」

子猫は不思議そうに聞き返しました。

「そりゃあ、音だけは聴こえますよ。でも、心の波動は、近くにいるのとは何倍も違いますからね。でなきゃ、向こうの花壇のツツジたちがあんなに花を咲かせること自体、おかしいじゃありませんか！　そうでしょう」

子猫はまだ、生の音楽を近くで聴いたことはありません。

「音楽って、近くで聴くとそんなに違うの？」

眼をまんまるにして聞きました。

「あなたは近くに行って聴くことができるから、本当に羨《うらや》ましいわ」

「向こうには、ネズミさんがいるんだよ。どうしたらいいの？」

「何を言ってるんですか！　友達になればいいことでしょう」

ツツジさんには、猫とネズミの関係なんてどうでもいいようです。

「大丈夫かな？　ネズミさん、逃げないかなー」

「あなたが追いかけなければ、逃げないと思いますよ。さー、自信を持って行きなさい」

子猫は、意を決して行くことにしました。

「どうもありがとう」

頭をペコリと下げ、同じ造りになっている反対側の花壇へゆっくりと歩いていきました。その人が座っているところまでは、もう五メートルもありません。子猫が勇気を出して楽器ケースが置いてあるところまで、そーっと近づこうとすると、その人は突然立ち上がって、トランペットを吹き出しました。

目をつぶって、マウスピースを唇に当て静かに吹いていたかと思うと、大きく息を吸い込んで、今度はものすごく大きな音の音楽がトランペットのベルから流れ出てきました。

その瞬間、寒気がするほどの感じに、子猫は身動きができなくなってその場に座り込んでしまいました。ツツジさんが言っていたことは本当でした。遠くで聴くのとは大違いです。トランペットの音が、ビルの壁に反射して、遅れて聴こえてくるのもはっきりとわかります。

気がつくと音楽が止まっているのもわからずに、ぼんやりとしていました。

ハッと我に返ると、トランペットを持った人が、こちらを見て笑っています。その人は、花壇のレンガの上に座ると楽器をケースに置き、

「名前は何て言うんだ」

と聞いてきました。

子猫はキョトンとして、キョロキョロと辺りを見回しましたが、誰《だれ》もいません。

U字溝の穴からネズミさんが顔を出して、

「子猫ちゃん、あんただよ。ほかには誰もいないぜ。いるとすれば、このネズミのチュウ助さまだけだ」

そう言われて慌てて子猫が、

「わ、私、サンシャインと言います」

答えると同時に、お兄さんはプッと吹き出し、

「サンシャイン、女の子かー」

と笑いました。

「何回呼んでも振り向かないから、こいつバカかって思ったぜ」

「えぇー、バカとはひどいんじゃない？　私、こんな近くで音楽なんて聴いたことなかったものだから、頭がボーッとなって。呼ばれてるなんて、全然わからなかったの。すみません」

その人を見た時、子猫はどこかで会った人だと思いましたが、どこで会ったのか思い出せませんでした。

「俺《おれ》のトランペットに感動したってわけだな」

チュウ助がそれを聞き、

「そんなわけねーだろうが。ただうるさいだけだよ。まったくおめでたい野郎だぜ」

と言って、顔を引っ込めました。

「うるさいとは、言ってくれるねー」

「私の家までも、微《かす》かに聴こえるんです。気になって、それで今日はここまで来たんです」

子猫はケースに置かれた金色に輝くトランペットを初めて間近で見ながら、

「トランペットって、こんな形してたんだ。でもこれ、ボタンが三つしかないけど、どうしてそんなにいろんな音が出せるの？」

「不思議だろ。でも練習すれば、誰にでも出すことはできるよ」

「ふーん、そうなんだ」

しばらくトランペットを覗《のぞ》き込んでいました。が、思いついたように、

「お兄さん！　お兄さんはなぜ、猫の言葉がわかるんですか？」

とお兄さんのほうへ首を回し、聞きました。

「ん？　なぜか、わかるんだな。俺が生まれた家では、ずーっと猫がいたから。犬も、鳥も、金魚もいたからね、その気になれば、誰とでも話はできるよ。たとえ植物さんとでもね」

「ここへ来る途中、人間たちにここの場所を聞いたんだけど、誰も答えてくれなかったんだよ」

「だろうな。だけど、それはね、この地球ができて原生生物が海の中から生まれてきて、だんだんと進化して、今のような植物や動物になってきたのをみんな忘れているからなんだ。この地球に存在しているものは、すべて兄弟みたいなものなんだ。みーんなつながっている仲間だ。ほんのちょっと立ち止まって、周りのこと一つひとつに心を注ぐと、それぞれの気持ちがわかるはずだ。それがわかると、いざこざや戦争もなくなると思うんだ。もっと大きく考えると、この宇宙もビッグバンと呼ばれている大爆発から誕生しているんだから、あの月も星たちも太陽もみんな親子や兄弟なんだ。わかった？」

お月さんを見上げながら、

「難しくてわからないよ。でも、そうしたら誰とでもお話ができるの？　お兄さんみたいに？」

お兄さんも子猫と一緒に月を見ながら、

「たぶんね」

少し悲しそうな顔をしていました。

その時です。背後から声がしました。

「私はよくわかりますよ」

後ろを振り向くのは、子猫とお兄さんと同時でした。

「お兄さんの言っていることは、本当だと思いますよ。私たちは植物ですが、人の心はすごくよくわかるんです。もっとも、わかるようになるまでには時間がかかりますが。優しい気持ちや思いやりの心のある人は、見ていてすぐにわかります。だから、ここにいる私たちは幸せです。毎年たくさんの花が咲かせられるようになれたんですから。これも、お兄さんのお陰なんですよ」

「時間がかかるって、どれくらいの時間でわかるようになれたの？」

「さあ、十五年か十七年か、それくらいでしょうかねー」

「えっ！　そんなにも時間がかかるの？　私はお婆《ばあ》ちゃんになっちゃってるよ！　どうしよう」

「そこが、植物と動物の違うところなんですよ。子猫ちゃんは、お兄さんとお話をしていると、すぐにわかるようになれますよ」

「そういえば、反対側の花壇のツツジさんが羨ましがっていたよ。こっちに来たいって」

子猫はお兄さんを見上げ、

「どうして反対側の花壇でも、同じようにトランペットの音楽をしてあげないの？　寂しがってるのに」

と聞きました。

「何だか、どうも落ち着かなくってね。団地も近いし。それに俺がここでしているのは、ただの練習なんだから」

「えー、音楽じゃあないの？　私、ずーっとそう思ってたのに」

少しガッカリした様子で、尻尾《しっぽ》をだらりと下げてしまいました。

「いや、音楽には変わりはないんだけど。普通はピアノとかベース、それにドラムス、ギター、サックスとかの楽器と一緒に演奏しているんだ、ステージではね」

子猫は、前にお母さんの言ったのを思い出して、

「昔は下手クソだったんだって？」

と、からかいました。

「オイ！　誰がそんなこと言ったんだ」

「ワーイ、怒った、怒った」

「別に怒ってなんかないさ。おめーのような子どもに言われたくないだけさ」

「子どもではありませんよーだ。れっきとしたレディなんだから」

お兄さんは、大声で笑いながら、

「なにー、レディだと？　笑わせるんじゃないよ。まだお母さんのオッパイに、かじりついてるくせに。ちゃーんと顔に書いてあらー」

「どこどこ、どこに書いてある？　耳？　鼻？　おでこ？」

慌てて顔を撫《な》で回しました。

「お母さん、どこに書いたんだろう」

「そう慌てるところを見ると、本当なんだな」

「なーんだ、嘘つき！」

「嘘じゃない。鼻の周りが黒くなってる。それが何よりの証拠だよ。なんせ俺は、猫と一緒に育ったようなもんだから、すぐにわかるんだよ。えーっと名前、なんて言ったっけ」

子猫は鼻をなめながら、

「だからさっき言ったのにー、サンシャインよ」

「そうだったな。俺だったら『たぬ子』っていう名前にするけどな」

「たぬ子？　どうして？」

「どうしてって、タヌキに似ているからさ。どう見たって、タヌキだぜ、黒とら模様の」

「えっ、タヌキ。ひどいわー、えーん」

子猫は泣き出しました。

「おい泣くなよ。困ったな、女の子に泣かれるのはー。あのね、サンシャイン、猫はおたふく顔のほうが、かわいいんだよ。俺は、ずーっとそう思ってるんだけどな」

「いいわよ！　どうせ私はタヌキですよ。こんな屈辱初めてだわよ」

「あーあ、どうしたらわかってくれるのかなー。良いこと言っているのに」

子猫は、初め名前を言った時、どうしてお兄さんが笑ったのかがわかったのでした。

「おい、サンシャインはどこからここまで来たんだ？　泣かせたお詫《わ》びに、送っていってやるよ。俺も、もうすぐ帰らないと」

「住所は、首輪に書いてあるはずなんだけど」

お兄さんは、軽々と子猫を抱いて、首輪を見ました。

「なんだ。北山のほうから、ここまで来たんだ。本当におてんば娘だなー。あそこからここまでは、だいぶ距離があるぜ。途中には大通りもあるし、たいしたもんだ」

アリさんが言ったことは本当でした。口は悪いけれど、温かい人でした。

「どうやって送ってくれるの？　楽器のケースの中は嫌よ。真っ暗なんでしょう」

「そんなところには入れないよ。レディなんだから、丁重に送らせてもらうよ、安心しな」

と、自転車の大きな前籠《まえかご》にそっと乗せてくれました。その自転車は、新聞配達用の自転車でした。

子猫はその時初めて、お兄さんが家に新聞の集金に来た人だと思い出しました。

「お兄さんは、どこまで帰るの？」

楽器ケースを自転車の後ろの荷台にゴムで固定しながら、

「俺かい？　俺は南山だよ」

「私、お兄さんと前に会ったことがあるわ」

「俺もそう思ってたんだ。新聞の集金に行った時だろ。まだこんなに小さかった頃だ。じゃあ、ツツジさん、おやすみ。チュウ助は？　アレ、いないや。アリさんもおやすみ」

お兄さんはみんなに挨拶《あいさつ》をしています。

大きな前籠に揺られ、風を切って走っていると、銀杏さんやサクラさん、大通りのポプラのおじさんも、みんな挨拶をしてくれます。

自転車だと、とても早くお家《うち》へ着きました。

「ほら着いたよ。早く帰らないと怒られちゃうぞ」

子猫は、お兄さんに抱かれるまで、自転車の前籠の中にいました。飛び降りることもできたのですが、お兄さんに甘えていたのです。

「明日もあそこにいるんでしょう?」

「明日はジャズの仕事があるからいないよ。それと、雨の日は部屋で練習するから、あそこへは行かないんだ。さあ、もうお帰り。お母さんが心配しているよ」

「お兄さんが演奏している音楽って、ジャズっていうんだ」

「一応はそうだけど、音楽は音楽でいいんだよ。でも、俺はジャズが一番好きだけどね」

そう言って、子猫をそっと降ろしました。自転車に乗っている時には気がつきませんでしたが、抱かれて歩いている時に、お兄さんの足が不自由なことに気がつきました。子猫は、何か悪いものを見つけたような変な気持ちになっていました。

「お兄さんの名前はなんて言うの？」

「俺か？　俺はみんなにジュンって呼ばれてるよ。じゃあな」

子猫は何か言おうとしましたが、さようならも言えず戸惑っている間に、自転車に乗ったお兄さんの後ろ姿が遠くなっていました。

もう窓は閉まっていました。玄関に回り、猫用の扉をくぐりお家に入りました。みんなリビングでくつろいでいます。いつもならその部屋に行くのですが、入る気にならず、すぐ自分の寝床へ行きました。

母猫

部屋にやってきたお母さんが、

「こんな遅くまでどこへ行ってたんです？　この子は」

と叱《しか》りつけました。

「トランペットを吹いている人のところまで行って、その人に帰りは送ってもらったの」

「まあ！　あんなに遠くまで一人で行ったの？　もう、この子ったら！」

「でも、帰りは一人じゃあなかったよ。あのお兄さんと一緒だったんだから」

背筋をピンと伸ばして、誇らしげに言いました。

「その人が、優しい人だったからよかったようなもので、人間には怖い人たちも大勢いるんですからね！　もうあまり遠くに行ってはいけません。わかりましたか！　音楽なんてしている人たちは、麻薬をしたり、髪の毛を赤や青い変な色に染めて逆立てたり、とんでもないところにピアスなんかしたりして、真面目な人なんていませんよ」

お母さんは心配そうです。

「お兄さんは、そんな人じゃあないよ！」

耳をピンと立て、目を大きく見開いて、子猫は反論しました。

「お母さん！　お願いだからお兄さんに一度会ってみてよ。ここに新聞の集金に来た人なんだから。猫の言葉がわかるし、ツツジさんやアリさんともお話ができるんだよ」

しばらく考えていましたが、

「だめです！　あの人は歩き方が変ですから。だめです！」

母猫は、思い出しながら言いました。

「どうして歩く姿で決めるの？　それこそおかしいよ！　たまたま事故で足をケガしたのかもしれないじゃないの。おかしいよ、そんなの」

子猫は初めて、お母さんに逆らいました。

「じゃあ、なぜそのことを聞かなかったの。猫の言葉はわかってくれるんでしょう」

「そんなの、聞けないよ。『どうしてあなたは足が不自由なんですか？』なんて、初めて会って聞ける？　お母さんにはできるかもしれないけど、私にはとてもできないわ」

お母さんは、面食らってしまいました。子猫が、これほど食ってかかるのは初めてでした。

今はそっとしておくほうがよさそうだと思い、

「もう今夜は眠りなさい。明日また話してちょうだいね」

と優しく子猫の頭をなめてやりました。

子猫はお母さんと一緒に眠りながら、今夜体験したことは絶対に忘れない、と心に誓っていました。その日から、お母さんのオッパイを吸うのはやめました。今日を境にして、少しおとなになった自分を感じていました。

次の日、子猫は何も話さず窓に手を置き、じっと外を見ています。昨日あんなに反発したのが嘘のようです。お母さんは少し心配になり、恐る恐る声をかけました。

「今日は、トランペットの音は聴こえてこないね」

「うん。お兄さん、今日はお仕事でトランペットを吹きに行ってるんだ。私も行きたいんだけど、私は猫だし、お店には入れないでしょう。昨日はすごく感動しちゃったの。お母さんにも聴かせてあげたかったよ」

外を向いたまま、独り言のように答えました。

「お前、どうかしたのかい？」

昨日まで子どもだと思っていたのに、今日はなぜか急におとなびて感じるのです。昨日の夜を境に、何かが変わっています。

「今度、お兄さんに会ってくれる？　明日、雨降りじゃなかったら、いいでしょ！」

突然言われたお母さんは、心の準備もなく、思わず、

「いいわよ」

と答えてしまって後悔しましたが、もう言ってしまったあとです。

子猫は、いつものようにはしゃぎ回ることもなく、

「じゃあ、明日ここの庭で会ってください」

事もなげに言って、自分の寝床に行って眠ってしまいました。なんという変わりようでしょう。

さて、次の日になり、お母さんは子猫よりもそわそわしていました。

夕方近くになると、子猫は台の上に座って窓の枠に手を置き、耳を澄ましてじっとしています。トランペットの音がするのを待っているのでした。

六時を少し回った頃、微《かす》かにトランペットの音が聴こえると、一目散に駆けていきました。

ポプラのおじさんやサクラさん、銀杏さんも、子猫のあまりの急ぎように、声もかけられませんでした。

子猫は、お兄さんの自転車の前籠《まえかご》に飛び乗ると、全力疾走したためにただハアハアと息をするのが精一杯でした。

「オイ、びっくりするじゃないか！　どうしたんだ？　そんなに走って」

「な、何でもいいから、わ、私の家まで来て！」

息切れしながら、やっとのことで言いました。

「練習を始めたところだぜ！　困るよ、そんなの。急に言われたって」

「お願い！　このとおり。一生のお願い！　今日だけでいいから。私を助けると思って」

両手を合わせ、頼んでいます。

「何がなんだか、チンプンカンプン。わかるように説明しろよな！」

「だから、私の家まで来たらわかるから。早く！」

「ハハーン、さては悪戯《いたずら》をして誰《だれ》かに怒られたんだな」

「そんなんじゃない！　早く楽器をケースに入れて、家に来て！」

切羽詰まった言い方に、

「行きますよ。行きゃあ、いいんだろ」

少し怒った顔をしながら、お兄さんは自転車にまたがりました。

「止まらないで！」

大通りで、子猫が言いました。

「コラ、赤信号が見えないのか。このバカ！　今飛び出したら、車に轢《ひ》かれちゃうよ。なぜ、そんなに急ぐんだ？」

「あっ、青だよ。ジュン、走って！」

子猫にジュンと呼ばれるとは思ってもいなかっただけに、なぜだが、お兄さんは緊張してきました。

家に着くと、子猫は今までと打って変わっておとなしくなり、庭に入っていくのをためらっています。お兄さんが楽器ケースを手に持つと、子猫は決心して、前籠から静かに降り、

「こっちです」

と先に立って歩き出しました。

そこには、一目で母親とわかる猫が、座ってこちらを見ていました。

「私は、この子の母親のマルと申します。突然、この子がお邪魔しまして、大変申しわけありません。練習の最中だったと思いますが、お許しくださいね。実は一昨日、夜遅くに帰ってきまして、少し叱ったのです。すると、ぜひあなた様にお会いしてくれと申すものですから、本日はご足労願った次第でして……」

母親らしい言葉遣いで挨拶《あいさつ》を受け、お兄さんは究極の緊張状態になってしまいました。

「あの日は、夜遅くまで大変申しわけありませんでした。練習のあとでしたから、送るのが遅くなってしまい、すみませんでした」

頭を下げて謝りました。

「そんなに硬くならないでくださいな。お兄さんは音楽を演《や》っておられるとのことですが、なぜ新聞配達の仕事をしておられるんですか？」

「ああ、それは音楽の仕事だけでは食べていけないからです。ジャズのステージに立っても、たかが知れていますからね」

「でも、お見受けしたところ、足に障碍《しょうがい》をお持ちになっておられるのに、新聞の配達はかなり大変ではないのですか？　それは、事故か何かでそうなってしまわれたのでしょうか？」

「いや、これは俺《おれ》、いや、私が生まれてすぐに、母親の母乳の出が芳《かんば》しくなくて、粉ミルクを併用したのです。そのミルクに、猛毒の砒素《ひそ》が入っていたのです。そのせいで、今も身体に障碍が残っているのですよ。四十度以上の高熱が一週間ほど続きまして、医者にも見離されてしまったそうです。こうして生きているのは、よほど運が強いのかもしれません。しかし、足の股関《こかん》節は、先天的に入り方が浅く、ときどき痛むようになってきました。歳なんですかね」

お兄さんは笑ってそう言いました。

「今も痛みはあるのですか？」

「はい。日ごとに増してきています」

「じゃあ、笑ってなんか、いられないでしょうに」

「痛いことは確かですが、痛みがあるのは生きている証拠、と思って笑っています」

「そんなにまでして、なぜ音楽をしなければいけないのです？」

「人は何かをするために生まれてきていると思うのです。俺、じゃない、私にとって、それは音楽をすることなんです。今も、これからの未来も。僕がここまでトランペットを吹けるようになれたのは、大勢の人たちの助けがあったからこそ。だから、今の僕があるんです。そのことに、恩返しをしなくてはなりません。そのためにも、音楽をやめることはできないのです」

親猫のマルは、少し安心したように、背中を丸めて座り直しました。そして聞きにくそうに目を伏せて、

「お兄さんは、宗教か何かを信じてやっておられますか？」

そう言って、横にいる子猫に目を向けました。

「エッ、宗教？　俺はまったくの無神論者で、どこの宗教にも入っておりませんが。それが何か？」

「このオテンバ娘が、一昨日から急にしおらしく、おとなびて、別人になったようでしたので、ちょっとお聞きしたまでですけど」

「このサンシャインがですか？」

「そうなんですよ、気味が悪いくらいなんです」

それまでじっと聞いていた子猫が、

「お母さん、何を言ってるの？　ばかねー。私だっていつまでも子どもじゃありません！」

ふくれて言いました。

「ハハーン、なるほど。それでよくわかりましたよ。俺が何か悪いことを吹き込んだんじゃないかと、そう心配しておられたのですね」

「そ、そうではないんですけれども……。この子がぜひ一度、お兄さんに会ってくれって頼むものですから……」

「あの日に俺が、この世界のどんなものでも親子で兄弟みたいなものだと言いまして。そう思えば、いざこざや戦争もなくなるはずだ、なんてことを言ったものだから。でも、それは間違っていないと思います。宗教っぽいでしょうか。これは、持論なんですけど」

「それを聞いて、安心しました。お兄さん、たしか、お名前はジュンさんとおっしゃいましたわね。これから、ジュンさんと呼ばせていただいて、よろしいでしょうか」

「いや、〝さん〟はやめてください。ただのジュンだけでけっこうですから」

「じゃあ、そうお呼びしますわ。ジュンさんも最初は『私』なんて、硬い言い方をなさっていましたが、徐々に『僕』になり、今は『俺』って言ってますものね」

「アッ！　いっけねー。ダメだね、俺は。すぐこうなっちゃうんだから」

ジュンも、サンシャインも、マルも、笑っていました。

吸い殻

「お生まれはこの町なんですか？」

「この町ではありません。生まれたのは、ここからずっと西の遠くの町なんです。音楽の勉強がしたくて、この町に一人で来たのです」

「では、ご両親はこの町にはいないのですか？」

「はい、いません。俺《おれ》が生まれた町で二人で暮らしています。身体が弱かったんで心配ばかりかけて……」

「お一人だと、寂しくはありませんか？」

「自分で決めて選んだ人生ですから、仕方がありません。寂しいときもありますが、友達は大勢いますから」

「そうだったのですか。ジュンさんは、いろいろな動物や植物とお話ができるそうですが、なぜ、そんなことが、おできになるんですか？」

「ですから、動物も植物もみんな兄弟だと思えば、自然とできるようになるんですよ。あなたのところの飼い主も、猫の言葉はわかってくれているでしょう？　それと一緒ですよ。実に簡単なことですよ」

「そうでしょうか？　町の人たちは、ほとんどわかってくれませんが」

「そういう人たちは、ただ忘れているだけなんです。地球に住んでいるのは、人間だけではないってことをね。たとえ道端に落ちている石ころにだって、存在価値があるってのを」

「石ころにも……」

親猫のマルは、それ以上話すのをやめ、ジュンの顔を穴のあくほどただ視《み》つめているだけでした。横に座っている子猫も、親猫と同じく、ジュンの言ったことに対して、ただポカンと口をあけて視つめていました。時間が音もなく過ぎていきました。

突然サンシャインが口を開き、

「ジュン、ここで何か吹いてよ！　お母さんにも聴かせてあげてよ」

とてつもないことを言い始めました。

「オイ！　ここは町中で、他人の庭だぜ。無理だよ」

「今、飼い主たちは留守ですから、大丈夫ですよ」

庭の外を、人が通っていきます。

「ほかの人たちもいますから、ここではちょっと……」

さっきの通行人が、煙草をポイッと道路に投げ捨て、靴で踏んでいきました。

「サンシャイン、今の人が捨てていった吸い殻を拾ってこいよ」

急にジュンの言葉つきが変わりました。マルとサンシャインが、呆気にとられていると、自ら外に出てその吸い殻を拾ってポケットに入れました。

サンシャインは何か悪いものでも見るように、

「ジュンって最低！　見損なったわ！」

目を吊り上げて怒っています。

「なぜそんなに怒るんだ？」

ジュンは目が点になっています。

「そんな吸い殻を吸うなんて！」

サンシャインの目がギラギラしています。

「誰《だれ》がこれを吸うなんて言ったよ、ばかばかしい！　こんな吸い殻、俺は吸わない。こっちこそ怒るぞ！」

「じゃあ、どういうことよ！」

「俺は、道路にゴミを平気で捨てていくやつが嫌いなだけなんだよ！　帰ったら、ゴミ箱に捨てようと思っているだけじゃあないか。人の話をよく聞けよ！　掃除をするのは誰だと思っているんだ！　ここの家の人なんだぜ」

それを聞いて、猫たちは黙り込んでしまいました。

「俺は欲張りな人間なんだよ。すべて自分のものだと思っているんだ。この道路も、この家も、この町も、この日本も、そして地球、宇宙すべてがね。

そう考えたら、自分の道路にゴミなんて捨てられると思う？　思わないし、できないだろう。自分の家で、煙草の吸い殻を、廊下とか部屋の畳や絨毯《じゅうたん》には絶対に捨てないし、捨てられないだろう。みんながそう思えば、この世の中はもっと良くなって、住みやすくなるはずなんだ。今、地球は瀕死《ひんし》の状態になっている。いろいろとね。だから、俺のような考えや生き方が求められているんだ。一人だけでできることは、小さ過ぎるかもしれないけど、一人でもやっていこうと決めたんだ。これが、地球を救うかもしれないんだから。だから、音楽でもそれをしたいんだ。ただそれだけなんだ……」

時間の流れに逆らって、沈黙が辺りを支配していました。

静けさを破り、

「じゃあ、何か一曲吹こうかな。ちょうどミュートがあるから、それをつければ音は小さくなるからね」

トランペットをケースから取り出し、マウスピースとミュートを取りつけました。

サマータイム

「もう少しすれば夏になるから、サマータイムでも吹こうかな」

ジュンはトランペットを構え、マウスピースを唇に当て、遅い4ビートでワンコーラスはテーマを吹き、次はアドリブ、最後にもう一度テーマに戻り、カデンツァで終わりました。トランペットの音は哀愁《あいしゅう》に満ち、猫たちを包み込んでいきました。

親猫のマルは、サンシャインが横にいるのも忘れ、はばからずに涙を流していました。涙が流れて、一滴、自分の手に落ちて気づいたらしく、子猫に見られまいと横を向いて顔を洗い始めました。

「ジュンさん。ありがとう。今、私は子どもの頃に帰っていましたよ。みんなに愛され、遊んでいた頃や、お母さんに怒られたことなんかが思い出され、懐かしさでいっぱいになってしまいましたよ。なぜなんでしょう？　こんなに涙が出るのは。恥ずかしいわ。ジュンさん、あなたのことはよくわかりました。練習場所へお戻りください。サンシャインも連れていってもかまいませんから、よろしくご指導お願いしますわね」

顔を隠すようにして家の中に入りかけると、

「お母さん、ホント！　本当にいいのね」

サンシャインが聞きました。

「ええ、いいですよ。でも、あまり遅くならないようにね」

「そのときは俺《おれ》が送ってきますから、安心してください」

ジュンはマルに向かって答えました。サンシャインは尻尾《しっぽ》を立てて寝転がって、はしゃぎ回っていました。お母さんの姿は家の中に消えていました。

「こら！　お前のどこがしおらしく、おとなびてんだ？」

子猫を見て、からかいました。

「たまにはいいじゃない。でも、お母さんも理解があるでしょ」

ジュンを見上げて言いました。サンシャインは、お母さんの涙を初めて見たのでした。

「今吹いたサマータイムっていう曲は、黒人の子守歌なんだよ。いい曲だろ」

サンシャインに打ち明けました。

「だからお母さん、昔に戻った感じになったのね。私、お母さんの涙なんて初めて見たわ。やっぱり、聴かせてあげてよかった」

お母さんの後ろ姿を視《み》つめながら言いました。

「あーあ、今日は緊張して疲れちゃったよ。わけもわからずに連れてこられたんだぜ。ちょっとくらい、話してくれればよかったのに、まったくもー、俺を驚かせて楽しいか！」

「ごめんね。じゃあ、もう練習に戻って。私は、今日はジュンの邪魔をしないようにお家《うち》にいるから」

「今日は帰るよ。編曲の仕事があるから。空模様も雨が降りそうだし」

「ヘンキョク？　どんなお仕事なの？　変な曲なの？」

サンシャインが首を傾《かし》げて聞いてきて、ジュンは思わず吹き出してしまいました。息も絶え絶えに笑い転げているのです。

「何がそんなにおかしいのよ！」

「いや、変な曲、なんて言うからさ」

「知らないから真面目に聞いてるのに！　フン、何さ。自分だけ知ってると思って」

「ゴメン、ゴメン。悪かった、謝るよ。まいった、まいった」

サンシャインは、つむじを曲げて後ろを向いてしまいました。

「そう怒るなって。編曲っていうのは、歌や曲を楽器ごとに分けて、どうしたら格好よくなるか考えて、譜面に書いていく作業なんだ。アレンジともいうけど、これがまた大変な仕事なんだな。ヘンキョク違いさ、わかった？」

サンシャインはふくれて答えてくれません。

ジュンは仕方なく自分で勝手に言っています。

「たとえば、2度マイナー5度セブンなんていうコード進行があったとして、それをコードに合わせて分散させてアルペジオを使うとか、対位法やスケールで処理するとか、いろいろあって……」

「そんな専門的なことなんて、私には全然わかりませんよーだ。聴いていて良い音楽ならそれでいいのよ。そうじゃなくって?」

言いながら、ジュンのほうに向き直りました。

「そりゃそうだ。いや、こっちを向いてくれないから勝手に……」

「良い音楽を創るため、って言ってくれればすむでしょう。私が知らないと思って、だらだらと」

そう言われて、ジュンも反省しました。

「人間は、自分がわかっていることは、ほかの人もわかっていると勘違いしてしまうものなんだな。今、サンシャインに言われて、よくわかったよ。反省しなくちゃいけないね。どうもありがとう」

素直にお礼を言いました。

「何だか恥ずかしいよ、人間にそう言われると。そこがまた、ジュンのいいところかもしれないんだけど。これからもいっぱい教えてね」

ジュンは照れ笑いをしながら、

「俺が知っていることはわずかなことだけど、一緒に考えていくのならできるかもしれないね」

と、サンシャインの額を軽く撫《な》でて帰っていきました。

ジュンといつまでも話していたい思いを振り切るように、サンシャインは窓枠にピョンと飛び移り、お家の中に入りました。

お家では、お母さんが絨毯《じゅうたん》の上に座り、音楽の余韻を感じてじっとしていました。子猫が入っていくと、

「あら？　お兄さんと一緒に出かけたんじゃあなかったの？」

「ジュンは、ほかの仕事があるって帰ったわ。私がいると邪魔になるでしょう」

「これ！　呼び捨てにしてはダメでしょう。ほかの人に話すときには、特に気をつけないといけませんよ。二人でいるときは構わないけど。まあ、それにしても、絶え間なくよく笑っていましたね。ジュンさんのことがよくわかって、安心したわ」

お母さんは落ち着いた様子です。

足形

サンシャインがジュンの練習場所へ行ったのは、四日経ってからでした。

本当はもっと早く行きたかったのですが、辛抱していたのです。

「オッ、来たな。タヌキさん」

ジュンは最初から悪態をついています。

「ハーイ、タヌキさんの登場でーす。ホントに口が悪いガキなんだから！

こんな人に、お嫁さんなんて、絶対に来ないわね」

「ガキで悪かったね！　自分より年下に言われたかぁねーよ、ネエチャンよ」

最初からこんな会話では、先が思いやられます。

その時です！　遠くから犬の鳴き声がしたかと思うと、とても大きなラブラドールがジュンを見つけ、勢いよく駆け寄ってきました。

サンシャインはびっくり仰天して背中の毛を逆立て、尻尾《しっぽ》の毛を脹《ふく》らませて「ギャー」と爪を出して叫ぶと、ジュンの後ろの花壇の中に一目散に逃げ込みました。ジュンはその犬に向かって、

「こら！　ラブ！　この子猫は、俺《おれ》の友達のサンシャインだ。追いかけるな！　れっきとしたレディなんだからな」

「なーんだ、お兄さんの友達か。つまんねー」

とぼやくと、ラブは今度はジュンに狙《ねら》いを定めて体当たりをしました。

「あぶねーよ！　転んだらどうすんだよ！」

ジュンはヨロヨロしています。

飼い主が息を切らして追いつき、首の縄を引っ張り、

「やめなさい、こら！　こいつお兄さんを見つけると、縄を振り切って急に走り出すから、困っているんですよ」

ジュンのシャツは、ラブが飛びついた時についた泥で真っ黒になっています。

「こら、ラブ。お兄さんのシャツが泥で汚れたじゃないか！　謝りなさい！　ほら、こうやって。ごめんなさい」

飼い主が、犬の頭を下に二、三度押しつけて、謝らせていました。

「いや、いいんですよ。な、ラブ」

ラブは今度は後ろを向いて、尻尾で挨拶《あいさつ》しています。

「ラブの尻尾は痛いんだよ。もうよせ。わかったから、やめろって」

尻尾の挨拶がすむと、地面に転がってお腹《なか》を見せて喜んでいます。

「おめーさ、レディの前なんだから、もっと紳士的にしたらどうなんだ」

言いながら、ジュンはお腹を撫《な》でてやっています。

「お兄さんは、本当に犬が好きなんだな。ほかの人には、こんなことしないのに。ほら、帰るよ。シャツ、大丈夫ですか？」

「仕方ないですよ。いつもこうなる運命だから。じゃあな、ラブ」

「もう気がすんだ？　じゃあ、帰ろう。お兄さん、いつもすみませんね！」

ラブは飼い主について帰っていきました。

「あー、びっくりした。一直線にこっちに向かって走ってくるんだもの。寿命が縮んじゃった。怖かった」

サンシャインは隠れていた花壇から顔を出し、本当に恐ろしかったようで、ジュンの横にぴったりとくっついています。

ジュンのシャツには、犬の足形の泥がいっぱいついています。

サンシャインは考えました。普通、町の人間ならシャツを汚されて怒らない人なんていないに決まっています。それが、ジュンは全然怒ろうともしなかったのです。

〈じゃあ、私の足形をつけても怒らないかも〉

悪知恵が、ムクムクと湧《わ》いてきたのでした。今まで花壇の中にいたので、足には土がついています。

〈これで、ジュンのシャツに足形をつけたら怒るかしら？　犬さんの足形がついているのに、私の足形がないのも、なぜかシャクにさわっちゃうわ。怒

られたって、構わないや〉

とジュンの肩に登りました。

「怖かったか。そうか、やっぱり猫なんだな」

と背中と頭を撫で、喉《のど》の下を指でかいてくれるのを、サンシャインは、首を傾《かし》げ、目を細めて満足そうにしています。

「いや、どうも怪しいな」

ジュンはシャツを引っ張って背中を見ました。

「あ！　やっぱりな」

サンシャインを睨《にら》みつけました。

「おめーさ、こんなことをして楽しいか。汚れが増えたじゃないか。どうしてくれる。本当に悪知恵が働くんだから。どうもおかしいと思ったんだ」

「え？　何が？」

「とぼけるんじゃないの。わざと汚したろ。このタヌキのワル」

「どこにタヌキのワルがいるの？　ここにいるのは、かわいい子猫ちゃんだけですけど」

「ちょっと優しくすると、これだもんな」

「だってさ、犬さんの足形がついているのに、私の足形がついてないんだもの。ちょっとシャクじゃない。でも、私のほうが汚れの面積は少ないわよ」

と澄ましています。

「もう何でもいいよ。練習するから降りてくれ」

ジュンの肩からレンガの上にピョンと降りて、一言、

「ごめんなさい」

と謝りました。でも、ジュンがさっきの犬にはっきり「レディ」と言っていた言葉が、サンシャインの胸の奥で繰り返し響いて、喜んでいるのでした。

ジュンの練習は、何度も同じことの繰り返しでしたが、それを聴くのは退屈ではありません。音の表情が、毎回、どこか違っているのでした。

「オイ、こんな練習を聴いていて面白いか？」

練習が一段落つくと、ジュンが聞きました。

「うん、面白いわよ。同じように聴こえても、音の表情がどこか違って聴こえるの」

「へー、わりと音楽をわかっているじゃないか！　見直したね」

「そうかしら？……あら！　もうおしまいなの？」

「今日は、調子が悪いから、やめだ」

楽器をケースに仕舞っています。

「ちょっと聞いてもいい？　なぜシャツを汚されても怒らないの？　普通は怒るはずでしょう」

「ああ、これか？　俺の両親は、不可抗力、たとえば子どもの時に食べ物がついて服が汚れても、決して怒らなかったし、ものを壊しても、怒られた記憶がないんだ。故意にすれば、すごく怒られたけどね。ものは壊れて当然だって言ってたから。それでこうなったんだと思うよ」

サンシャインは、ジュンの家族のことを想像していました。

「汚れは洗えばきれいになるし、ものはまた直せば使えるようになるから。でも、人のものを盗った時は家の柱にくくりつけられて、飯も食わせてもらえないほど怒られたよ。その点では、怖いくらいに厳しかったね。親父なんかは、いまだに怖い存在だもん」

サンシャインは、本当の優しさがどこからくるのかが少しわかったような気がしていました。

「俺はさ、子どもの頃、身体が不自由だったから、余計にそうしてくれたのかもしれない」

「不自由っていっても、歩けたんでしょう？」

「いや、全然。歩けるようになるまでに、十年かかっているからね。自転車には、その前に乗って走っていたけど」

サンシャインは驚きました。

「十年！　そんなにも、歩くまでに時間がかかったの！　それに、歩けないのに自転車になんて乗れるの？」

「親父がさ、歩けないのに勝手に自転車を買ってきて、特訓してくれたんだよ。最初はハンドルがうまく握れなくて、角が手のひらに食い込んで血が出ても練習したよ。歩けるようになっても、すぐに転ぶから、手も足も傷だらけ。治りきらないうちにまた、ケガを繰り返して、ひどいもんだった」

サンシャインは茫然《ぼうぜん》としてしまいました。

「オイ、サンシャイン。帰るぞ」

ジュンが言っても動きません。動けなかったのです。

平然と話してくれてはいますが、サンシャインにとっては想像を絶することばかりでした。

〈ジュンは、いったいどんな人生を生きてきたのかしら？〉

改めて、聞きたい気持ちでいっぱいなのでした。

「コラ！　帰るって言ってるだろ。聞こえないのか？　もうー、手間のかかるお嬢さんだなー。ほら、ここに乗って」

ジュンはまるで人形のように固まっているサンシャインを抱き上げて、前《まえ》籠《かご》に乗せました。

「年頃の女の子は、ときどき変になっちゃうんだからー。ほら、行くよ」

サンシャインを乗せた自転車は走り出そうとしました。

黒人　ロイ

その時です。恐る恐る男性がジュンに近づき、

「これ飲んでください」

と缶コーヒーを手渡しました。ジュンが自転車を降りて、

「ありがとうございます」

とお礼を言うと、その男性は、

「あれ？　日本語しゃべれるんですか？」

とびっくりしています。

「あのう、俺《おれ》、純粋の日本人ですけど」

今度はジュンの目が点になっています。男性は、

「いつもこの近くのビルで仕事をしながら聴いていますが、このリズム感とトランペットの音色は絶対に日本人じゃないと確信していました。私は出張でアメリカにも行ってたのでね、何度も本場のジャズを聴いていたんですから」

「じゃあ、どこの国の人と思っていたんですか？」

「私は黒人とメキシコ人のハーフだと思っていました。練習、がんばってくださいね」

それだけ言って、その男性はオフィスへと帰っていきました。

いつの間にか花壇に座っていたサンシャインがそれを聞いて、

「黒人とメキシコ人のハーフだって」

と舌をちらっと出し、笑いました。

「新聞配達して、日に焼けて黒くなったからかなあ。でも今の男性の言葉に喜んでいいのか、悲しんでいいのか。日本人としてわからなくなっちゃったよ」

すかさずサンシャインは、

「トランペットの音だけでそう思われるのは、誉められているんだと思うわよ。そうでしょ」

花壇に腰をかけたジュンが貰《もら》った缶コーヒーを飲んでいると、サンシャインは身軽にピョンと自転車の前籠《まえかご》に乗りました。

「ヘーイ、ジュン！　エクササイズ、フィニッシュ？」

英語で話しかける男の人の声がしました。後ろを振り向くと、黒人のロイが信号を渡り、花壇の前で手を上げています。

「今日は調子が悪くて帰るとこなんだけど」

「オー、残念です。先週教わったスケールを練習してきました。ジュンに見てもらおうと思ってきたのです。帰るのなら仕方ありませんね」

残念そうな顔をしています。

サンシャインは、新たな出来事にまたビックリです。

「あの人、ジュンの知り合い？」

「うん、俺がジャズを教えているロイだよ」

「ジュンは、あの人の言葉もわかるの？」

「少しはね」

「私なら、送ってくれなくても大丈夫よ。心配いらないから」

前籠から身軽に降りたサンシャインは、ジュンと黒人を交互に眺めました。

「悪いね、今度は送っていくから。今日はここで我慢してくれ」

とジュンは手を合わせています。

「別に、ジュンが悪いわけじゃないもの。じゃあね」

帰るふりをしましたが、ジュンの目を盗んで素早く花壇の中に隠れ、二人を見ていました。

サンシャインは、ジャズが最初は黒人の音楽であったとジュンから教わっていたので、その黒人がどんな音楽をするのかが、聴きたかったのです。でも、すぐにガックリしました。なぜって、どう聴いてもジュンのほうが、格段にうまかったからでした。ジュンのほうは音楽に聴こえるのですが、黒人のほうのは、ただの音の羅列にしか聴こえないのでした。しかしジュンは、辛抱強く、熱心に、黒人のロイとかいう人に教えているのです。よく見ると、その人は譜面が読めないようでした。ジュンは「ワン、ツー」とか「サーティーン」とか言って、指で押さえるべきバルブを教えているようでした。

ときどき、ジュンの知り合いの人たちが挨拶《あいさつ》をしていきます。近くの中華料理店の人が仕事帰りに、

「これ、すごく美味《おい》しいのよ」

と言って、何かを渡して帰っていきました。

「ちょうどいいや。ビールのつまみになる。もうちょっと早けりゃ、サンシ

ャインにも分けてやれたのにな」

サンシャインはジュンの心遣いが嬉《うれ》しく、危うく花壇から飛び出しそうになるのを必死で堪えていたのでした。

短髪白人・青い目の金髪美女

サンシャインも帰ったから、もうちょっと練習していこうと思い、トランペットを吹きだしました。

その時です、「ナイス ジャズ フィーリング」と言って、拍手をしながら短髪の白人がジュンに近づいてきました。その顔を見た時、どこかで見たことあるなぁと思いましたが、思い出せません。突然、

「あっ、あなたはキース・ジャレットさんですか?」

と問いかけると、

「おぉ、あなたはよくわかりましたね」

と言いました。

「僕が知っているキース・ジャレットさんは、いつもアフロヘアーだったでしょ。マイルス・デイビスさんのバンドでピアノ弾いてたときは、いつもアフロヘアーだったでしょ？」

「おぉ、そうです。髪の毛切ったのは最近です」

「あのジャズの帝王といわれる人のバンドでピアノを弾いてた人に、そんなに褒められたら、なんか恥ずかしいですよ」

「いやー、そんなことないです。あなたのアフタービートは本格的です」

「ところで、あなたはどうしてこちらを歩いているんですか？」

「あぁ、私は原っぱの宿にあるキーストーンコーナーというライブハウスから、ソロで演奏を頼まれたんです。明日の土曜日なんだけど、前列のいい席をとっておいてあげようか？」

「いやぁ、僕も明日は渋い谷のライブハウスで演奏があるんですよ」

「そうだよねぇ、お互いプロフェッショナルだもんねぇ」

と言い残し、また北山の一丁目の方に歩いて行きました。


さて次の日です。ジュンがステージでトランペットを吹いていると、

「ジュンさんにお客さんですよ」

と、店員に呼ばれ、入口に行くと、今日ハワイのカウアイ島に帰るということで、ジャパンタイムスの集金に行った時に、僕が英語で誘った人だったのです。

ステージ横の席に座らせて、英語で少し会話をしていました。その時、ジュンの目に、新聞配達をしている後輩四人が、こちらを見て指をさしながら何か笑っています。ジュンが手招きして、

「今日だったなぁ、お前たちを呼んだのは。一緒の席に座ろうよ」

と言って、嫌がる後輩たちを一緒の席に座らせました。

次の日、会社に行くと、一階の作業室のホワイトボードに『昨日ジュンさんが青い目の金髪の美女と英語で話をしていた』と書いてあったのです。

「誰だぁ、これ書いたのは？　後で消しとけよ」

と言い、二階の事務所で仕事を開始しました。

アジサイ

雨が続きジュンに会えない日が何日もあり、サンシャインは空を見上げてばかりいました。

〈早く梅雨が明けないかなー〉

と恨めしそうに窓枠に両手を置きその上に顎《あご》をのせ、退屈そうにあくびをして、庭に咲いているアジサイを眺めていました。

〈雨が降ると、どうしてこんなに植物さんたちは、生き生きと、美しく見えるのかしら？　このアジサイさんは、格別に綺麗《きれい》になっているし。アジサイさんについた雫《しずく》なんて、まるで真珠のように輝いているんだもの。銀杏《いちょう》並木も、花壇のツツジさんも、綺麗になっているんだろうなー。私に傘がさせたら、観に行きたいのに。植物さんたちが雨で美しくなれるのだったら、私はどうしたら美しくなれるのかしら？　まさか雨に濡《ぬ》れたら、綺麗どころか泥だらけになって、余計にみすぼらしくなってしまうわ。あーあ、綺麗になるって、どうしたらいいのかしら？〉

サンシャインは部屋に戻り、お母さんの鏡を覗《のぞ》いて自分の姿を映して見ていました。そこへお母さんが入ってきたので、慌てて鏡の前から離れました。

「サンシャイン、何をしていたの？」

お母さんは微笑《ほほえ》んでいます。

「な、何でもないわよ」

「慌てて逃げることはないでしょう」

お母さんにはわかっているようです。

「隠すことはないでしょう。あなたも、もう年頃なんだから、当然だわよね」

「だから、何でもないって言ってるでしょ！　知らない！」

サンシャインはばつが悪そうに、そそくさと部屋を出ていきました。

〈あの子ったら、急におとなっぽくなって〉

お母さんは言いようのない幸福感に包まれていました。


サンシャインはまた、窓辺に座って外を眺めていました。午後五時過ぎ、夕刊の配達員が自転車を止めて、ポストに新聞を入れてくれています。青色の雨具を着て、向かいの家に走っていくその後ろ姿は、紛《まぎ》れもなくジュンでした。サンシャインは雨に濡れるのも忘れて庭へ飛び出し、ポストの上に登りました。

自転車のところへ戻ってきたジュンは、サンシャインを見つけ、

「おい、何してんだ！　雨に濡れてるじゃないか！」

と、雨具のジッパーを下ろし、雨に濡れないように、その中へ抱いて入れてくれました。

ジュンの汗のにおいがしましたが、嫌なにおいではありませんでした。

「こんなに濡れて、風邪を引くぞ！　バカ」

相変わらずの言葉遣いです。

「なぜ今日は、こっちの配達をしてるの？」

「いつもの配達員が風邪を引いて熱を出しちゃって、代わりに俺《おれ》が配ってい

せっかくジュンと会えたというのに、味もそっけもありません。

「もう少ししたら、梅雨も終わるってさ。天気予報でもそう言ってたぞ」

サンシャインを降ろして、さっさと自転車にまたがって行ってしまいました。五日会ってないだけでしたが、一ヵ月よりもっと会っていないような感じがしていた矢先のできごとでした。

サンシャインは部屋に入り、

「フン、何さ！　私がどれほど待っていたかも知らないくせに！」

怒って独り言を呟《つぶや》きながら、濡れた毛をなめていました。

「サンシャイン」

穏やかな声が響きました、お母さんです。

「何よ！」

「なぜ、そんなに怒っているの？」

「ジュンよ！」

「ジュンさんがどうかしたの？」

「せっかく会えたのに、挨拶《あいさつ》もしないのよ、あの人！」

「お母さんはちゃんと見ていましたよ。あなたが濡れないように、心配して窓まで送ってくれていたじゃないの。怒るなんて、筋違いですよ！　ジュンさんは今、仕事中だったんですからね！」

叱《しか》られても、頭に血が上っているサンシャインは、納得がいきません。

〈五日も会ってないんだから、気をつけてとか、また今度会おうとか、言うことなんて、いっぱいあるじゃない〉

まだ怒っていました。

「よく考えてごらん！　いったい誰《だれ》が、雨の中で仕事中なのに、あんなに優しくしてくださる？　慣れていないところを配達するんだから、一刻も早く終わりたいに決まっているでしょう。雨にも濡れるし、時間もかかってしまう。それこそ逆恨みですよ！　少しはおとなになりなさい！」

お母さんの言うとおりです。雨の中を、サンシャインが濡れないように気を遣って、窓の下まで送ってくれたのですから。

「今度、ジュンさんにお会いしたら、謝りなさいよ、わかった！」

サンシャインはうな垂れて、

「うん、そうする」

小さな声でお母さんに答えていました。

次の日は朝から眩《まぶ》しく太陽が輝いて、白い雲がところどころに浮かび、吹いてくる風も初夏らしく、清々しい朝でした。太平洋高気圧が勢力を増し、梅雨前線を北へと押し上げ、この町にも気象庁から梅雨明けが発表されたのです。

その日の夕方早く、サンシャインは銀杏《いちょう》並木の端の花壇のところに、ジュンよりも早く行こうと出かけていきました。ポプラのおじさんも、サクラさんも、銀杏さんも、みんな元気に挨拶を交してくれます。やはり、雨が降ったあとの植物さんたちは元気そのもので、生き生きと息づいています。

〈私は、雨なんか降らないほうがいいのになー。散歩もできなくなるし、それにジュンにも会えなくなるんだもの〉

と銀杏の葉の茂る下を歩いていると、読心術ができるのか、銀杏さんがサンシャインに、

「雨が降らなきゃ、困るときもありますよ」

と話しかけてきました。

「えっ、困るって。どうして？」

「夏に使う水もダムに溜《た》まらないと水不足になってしまうし、お百姓さんはお米ができずに困ってしまう。まだまだたくさん、いろいろなことに支障が出るのです。川が干上がると、お魚も捕れなくなって、食べられなくなるかもしれません。みんなが困ってしまうんですよ」

「お魚が食べられなくなると、私たちも困っちゃう」

「そうでしょう。だから、雨は大切なんですよ」

銀杏のおばさんは、そう教えてくれました。

「雨は植物さんだけに大切なんじゃないんですね」

「そうですよ。それはそうと、トランペットのお兄さんが花壇のところに来ていますよ。行くんじゃないんですか?」

「えっ! もう来ちゃってるの? 早く行かなきゃ! いろいろ教えてくれてありがとう」

サンシャインはお礼を言って、花壇のほうへ駆けていきました。

「来た、来た。またもやタヌキさんの登場でーす」

「今日はジュンより早く来ようと思っていたのに、先を越されちゃった」

「あれ? 今日は怒らないのか? タヌキさん」

「もう慣れちゃったんだもん」

「じゃあ、認めたんだな」

「そうじゃなくって。今日はここに来る途中に、いろいろとお話をしてきたの」

「話？　何の？」

「雨はいろいろと大切なんだってことをね。銀杏のおばさんに教わったのよ」

「ふーん。たとえば水不足とか、川が干上がって魚が住めなくなるとか？」

「そう、そのとおり。やっぱりジュンは偉いんだ」

「バーカ、偉くもかしこくもねーよ。常識だよ、そんなことは」

「私、知らなかったの」

「じゃあ、なぜ食事をするのかってことは、わかる？」

サンシャインは、そう質問されると、答えられません。

「えーと、ただ、お腹《なか》が空《す》くからじゃないの？」

「うん、それもある。だけど、魚も生きているんだぜ。それを殺して食べるってのを、だよ」

ジュンは、何が言いたいのでしょう？　ただ、殺して食べるっていうのには、身震いがしました。

「今までそんなことなんか、考えもしなかっただろ」

言われてみれば、そんなことを考えたこともありませんでした。サンシャインは目をパチクリしています。

「たとえばさ、ネギを切って冷蔵庫に入れておくと、二、三日すると伸びているんだ。ジャガイモなんかも土に埋めると芽が出てくるし、みんな生きているんだ。それを食べるってのは、その命をもらって、自分の命にしているってことだと思うんだ。ほかの動植物の命を分けてもらって、自分が生きているんだよ。牛さん、豚さん、鶏さんにその卵。マグロにアジにサケ。それにホウレンソウやハクサイ。数え上げたらキリがない。そのみんなから命を分けてもらって、俺たちは生きているんだ。だから、ものを食べられることに感謝しないといけないないんだよ」

サンシャインは、頭を金槌《かなづち》で殴《なぐ》られでもしたように感じていました。

「この世界中で、ものが食べられずに死んでいく人は大勢いるんだぜ。この日本でも、戦争中やそのあとなんかは、食べ物が不足して大変だったんだから。ものが食べられることに感謝しないとな。何も考えないで食べていると、そのうちに罰《ばち》が当たるよ」

「ジュンは、そんな時のことを知っているの？」

「いや、俺は戦争なんて知らないけど、親父から聞いたことがあるよ。それにベトナムや中近東辺り、アフリカなんて、テレビや新聞のニュースで見るけど、それはそれは悲惨で残酷だよ。人が人を殺すんだから」

サンシャインは恐ろしくなって、ジュンにしがみつきました。

「そんなことになったら、私たち猫も、殺されてしまうの？」

「そうなるだろうね、たぶん」

水溜まり

「あそこの水溜《た》まりを見てごらん」

指をさして、ジュンが言いました。

「水溜まりがどうかしたの？」

ジュンは目を細めて、じっと眺めています。

「あの水溜まりには、銀杏《いちょう》や青い空が反対に映っている。銀杏は下に向かって枝を伸ばしているし、空はもっと下に映っている。すべてが逆になっているる。あれも、一つの世界だ。人間の心も、あの水溜まりのように逆になるときがあるんだ。戦争というものを正当化して、自分は間違っていないと思い込んでしまう、また思い込まされる。戦争だけに限らないさ。それが恐ろしいことなんだ。人間っていう動物は、客観的にものを見ることができない動物で、客観的に見ようとしていること自体が主観的に見ているんだ。要するに、それを考えているのは自分自身なんだな」

独り言のようにジュンは言いました。

サンシャインはわけがわからず、水溜まりを視《み》つめていました。

「でも、いつかはわかるときがくるはずなんだ。水溜まりが、太陽の暖かさで自然蒸発してなくなってしまうようにね。サンシャインには難し過ぎるかもしれないね。今言ったことは、俺の独り言と思っていてくれ」

サンシャインに目を移し、少しだけ悲しそうに笑いました。

ジュンは、しばらくじっと目を閉じて、動きませんでした。

やがて目を開けると、

「オイ、今日はステージがあるから、服を汚すなよ！　汚したら、本当に怒るからな！」

言われて見ると、スーツにネクタイの出で立ちです。

「ウォーミングアップをしなくっちゃ」

とジュンは、トランペットを握り直しました。

ウォーミングアップの音は、今まで聴いたこともない、低い音でした。サンシャインは驚き、ジュンを見て言いました。

「トランペットでも、そんなに低い音が出るんだ！　いつもはそんな音、聴いたことないよ」

「これはペダルトーンっていって、唇の筋肉をほぐすのに効果的な練習でね」

しばらくウォーミングアップを続けたあとで言いました。

「あ、そうだ。今度、引っ越しするんだよ。新聞の仕事場も変わってしまうんだ」

「エ！　どこに行っちゃうの？　もう、ここには来れなくなっちゃうの！」

「心配？」

「だって……」

「引っ越し先は、四つの谷のほうの一軒家だ。庭はないけどね。そして仕事は、銀の町に変わってしまう。でも、ここには練習には来るよ」

「よかった。もうお別れになっちゃうのかとドキッとしちゃった」

「でも、来る回数は減るかもね」

「どうして？　ツツジさんやチョウ助、それに、アリさんも寂しがるよ、きっと」

「アパートと違って一軒家だから、部屋でも練習できるようになるからさ」

「でも、どうしてお引っ越しなんてしちゃうの？」

「うん、実は立ち退きを言われたんだ」

「そうなんだ。それなら仕方がないね」

ジュンのステージの時間が近づいてきました。

ジャズ

「じゃあ、俺《おれ》はステージがあるから行くよ。前籠《まえかご》に乗りな」

ジュンは自転車にまたがって、サンシャインを促しました。

「ジュンはなぜ、ジャズが好きになったの？」

「俺か？　俺は良い音楽なら、どんな音楽でも好きだよ。クラシック音楽は人間の美しい部分を表現していて、再現の音楽だと思うんだ。R＆B《アールアンドビー》も好きだし、フォークもロックも好きだよ。でも、ジャズは相反する感情が同時進行で進んでいく音楽なんだ。嬉《うれ》しさと悲しさ、優しさと邪悪、高潮と弛《し》緩《かん》、それに憎しみや怒り、人間のバカらしさ。感情なんて一つだけじゃあない、ありとあらゆる感情が渦を巻いて存在している。それが同時に音楽になる。自分だけではなく、共演者の感情すべてが渦を巻いてカオスの状態になっているんだ。そして協調というものを通して音楽になっていくのがジャズなんだ。……それに、ユーモアが瞬間に演奏できる音楽は、ジャズだけだと信じて演っているんだ。これは面白いんだぜ」

「ユーモア？」

「そう、ある曲を演奏していてアドリブで違う曲を演ったりするんだけど、たとえば童謡の初めの部分を引用したりね。自分一人だけじゃあなくて、バックの人たちも瞬間にわかって、ついてきたり」

「そんなことができるの？　一曲の中で？」

「そうだよ、いろいろとできるんだ。こんなことは、いくら練習したって、できるものじゃあない。その場の雰囲気とか、共演者との駆け引き、一瞬のインスピレーションで演るんだ。クリスマスが近づくと『赤鼻のトナカイ』とか『ママがサンタにキッスした』なんて曲を入れてみたりとかしてね」

「へぇー、違う曲を入れちゃうんだ」

「だから、ジャズは面白いんだよ。それができるかできないかは、演奏する人の感性だけど。そして聴いている人も、演奏に加わって聴いている。予測しながらさ、ここはこういうふうに演るだろうって、聴いている。自分の思いどおりに演ったら、『ほら！　やっぱり演った』とか、違うように演ったら、『ほー、そうきたか！』ってニヤッとしたり。真剣勝負なんだよ。譜面だけでは表現することができないんだ。それに、雑音もジャズにはなくてはならない要素だ。ほかの音楽ではあり得ないんだ。特にクラシック音楽は、雑音なんて必要のない音なんだ。演奏の途中や合間のグラスの触れ合う音、人の話し声、レジの音、人の歩く足音。そのどんな雑音も、なくてはならない音として成り立つ音楽がジャズなんだよ。音楽は時間芸術なんだ。同じものは二つとないんだ。この世界に同じ人間が一人しかいないようにね」

「時間芸術って？」

「たとえば、絵画は一つの場面を描いているわけだから、時間が止まっているよね。むろん、無限の時間を感じさせてくれる絵画もあるけど。それは、観る側の感受性の問題であって、物理的には時間は止まっている。でも、音楽は時間が物理的に動いていくものなんだ。だから、間違ったらそれでおしまい。取り返すことはできないんだよ。それゆえ、練習は欠かせないんだ。

しかしだね、ジャズは面白くて、その間違いがメチャクチャに良くなる場合もあるんだな、これが。絵画にも書道にでもあるとは思うけど、聴いている人に瞬間にわかるのはジャズだけだと信じて演っているんだ」

「なんとなく、わかるような気がするわ」

「本当にわかったの？」

ジュンは疑いの眼差しで前かがみになり、サンシャインの耳元へ顔を近づけています。

「私は、一人しか、この世界にはいないんだもの。それくらいは、わかるわ」

「そう。サンシャインに代わるものなんて、この世界には存在しないんだ。それだけわかれば、それに勝るものはないんだよ」

お喋《しゃべ》りをしている間に、もうお家《うち》に着いてしまいました。

「今度の仕事は配達じゃなくて、事務になるんだ。肉体労働は卒業ってわけだ。じゃあ、俺はステージに行くよ」

と渋い町へと走り去っていきました。

サンシャインは部屋に戻って考えていました。

〈ジュンとお話をしていると、考えることが多くなるわ。「なぜ食事をするのか」「戦争の悲惨さ残忍さ」「音楽の面白さや絵画の観方《みかた》」とか。「動植物を殺して食べている」なんて、毎日のことなのに、そんなふうに考えることは一度もなかったわ。「食べるものの命を分けてもらって、自分の命にしている」って、ジュンの言うとおり、本当に感謝して食べないといけないわ。私、食べないと生きていけないもの〉

サンシャインの頭の中を、ジュンの言葉がグルグルと駆け巡っているのでした。

それからサンシャインは、食事をするときにもジュンの言った言葉を思い出し、「いただきます」「ご馳走様《ちそうさま》でした」ときちんと言うようになっていました。それに驚いたのは、お母さんです。

「お前、どうしたの？　お母さんが教えてもいないのに、急に行儀が良くなったのね」

「私はただ、食事ができることに感謝してるだけだわよ。お魚さんやほかのものたちにね。それと、飼い主の人にも、お礼を言わなくちゃいけないでしょう。ジュンがね、『何も考えないで感謝もしないで食べていると、そのうちに罰が当たるようになる』って教えてくれたの」

「やはりジュンさんだったのね。でもこの頃、練習にお見えにならないようだわね」

「きっと、お引っ越しと転勤で忙しいんじゃないのかしら」

「えっ！　お引っ越しされたの？　どちらへ？」

お母さんは驚いた様子です。

「あれ？　お母さんに言ってなかった？」

「初めて聞きましたよ、そんなことは」

「おかしいな、言ったと思ってたんだけど。えーっとね、四つの谷があるところなんだって。お仕事も、配達ではなくて事務のお仕事になるんだって。出世だよね」

「そうだったの。何も話してくれないんだから、この子は」

お母さんは呆《あき》れた顔で言いました。

でも、サンシャインはいつもの元気がありません。この前、花壇に行った時、ツツジさんも寂しそうに、「この頃、練習に来ていない」って、少々うつむき加減で言っていました。

生きること

久しぶりにジュンのトランペットの音が聴こえると、サンシャインは一目散に駆けていきました。すると、ステージがあるのか、ジュンはネクタイを締めています。今日も、すぐに別れなければならないようです。

「久しぶりだね。今日もこれからジャズのステージ？」

力なく耳を垂れて聞くと、

「ハァ？　どうして？」

ジュンが不思議そうな顔で振り向きました。

「だって、ネクタイなんかしてるんだもん」

「ああ、これか。今の仕事は事務の仕事だから、ずっとネクタイ着用なんだ。今日はステージではありませーん」

サンシャインは急に元気になり、尻尾《しっぽ》の先までピンと立てています。

「オイ、コラ！　俺《おれ》のステージがなくてやけに嬉《うれ》しそうじゃねーかよ。げんきんだな」

「だって、嬉しいんだもん！」

ジュンの右の太ももに手を置き、サンシャインは手の指をモミモミさせながら喜んでいます。

「俺は、練習の邪魔はされたくないんでね。静かにしとけよな！」

「はーい」

ジュンの口の悪さは相変わらずですが、サンシャインは、今日はとてもおとなしく素直です。

ジュンはいつもの場所に腰を下ろし、なぜか顔をしかめていました。練習に不満があるのでしょうか。

サンシャインには、聴いていても悪いところなど、どこにもあるようには思えません。

「ねえ、同じトランペットなのに、吹く人によって、どうして音が違って聴こえるの？」

「ほかの人の音を間近で聴いたこと、あったっけ？」

「うん。野球場の応援の音や、ほら、たまにジュンといっしょにトランペットを練習しているお友達。それにあの黒人さん」

「黒人？　あの時は、帰ったんじゃないのか？」

「帰るふりをして、花壇の中で聴いていたの」

「なんだ、いたんだ。アレ？　あの時、春巻を貰《もら》ってサンシャインに分けてやりたいと思ったんだぜ。出てくればよかったのに」

「いいの。わかってるわ。それはそうと、なぜ違うの？」

「違うって、何が？」

「あーあ、健忘症になっちゃったみたい。私の言ったことをちゃんと聞いていないのね」

「えーっと、ああ、トランペットの音の違いか。それはここ」

と言って頭を指さし、

「イメージ。音に対するイメージが違うからなんだ。俺も昔はキンキンして硬い音を出していたんだけど、友達に注意されて、音楽を聴く側にとってこんなカキンコキンの音では疲れてどうしようもないなって気づいたんだ。友達とはありがたいもんだ。それからだね、今のような音になったのは。ただ、表現の違いで、硬い音やきたない音も必要になるときがあるけど、そんな音はいつだって出るんだから」

「いつも思ってたのよ。なぜジュンの音は深く柔らかくて優しいんだろうなって。そして小さな音なのに、遠くまでよく聴こえるのかなーって」

「ヒィエー、そんなに誉められたのは生まれて初めてだ！　ははーん、何か企《たくら》んでんだろ」

「なぜそんなに卑屈なの！　もー、いやんなっちゃうわ」

「そうだ！　誉め過ぎだ。こいつはすぐ天狗《てんぐ》になるから注意したほうがいいぞ」

花壇の下のU字溝の穴からネズミのチュウ助が顔を出し、会話に割り込んだかと思うと、またすぐに首を引っ込めてどこかへ行ってしまいました。

「誉め過ぎだって」

サンシャインはジュンを見て、舌をチロッと出して笑っています。

「あの野郎、ネズミのくせに言いたい放題ぬかしやがって」

「でも、私が今言ったことは本当なの。前から不思議に感じていたんだよ」

「俺の音にシビレてんだな。わかるわかる」

腕を組み、頷《うなず》きました。

「まー、呆《あき》れちゃうわね。チュウ助が言ったとおりなんだから。本当にいやんなっちゃう」

ジュンは再び立ち上がって、トランペットを吹き始めようとしましたが、また顔をしかめています。

「ジュン、どうかしたの？　どこか痛いんじゃない？」

「ああ、ちょっとね。この頃、股関節《こかんせつ》が前よりも痛むようになってさ。まあ、慣れているから」

無理に笑っているようです。

「病院に行ったほうがいいんじゃない？」

「病院には行ってるけど、どうしようもないんだ」

「治療をしても、治らないの？」

「これは先天的なものだからな。外側の軟骨が擦り減って、骨と骨が当たっているらしい。俺は片足で体重を支えているような格好だから、余計に片方に負担がかかるんだって、お医者さんが言っていたよ」

「新聞配達で、無理したんじゃないの？」

「それもあるだろうね。でも、自分で選んでやってきたんだから、仕方がないんだ。誰のせいでもない」

「なぜ新聞配達を選んだの？　足が不自由なのに」

「俺は足だけじゃなくて、手も不自由だったんだ。音楽大学に行きたかったんだけど、特に左手が不自由だったから、必修のピアノが弾けなくて断念したんだ。養護学校を卒業して、いろいろ仕事をしてきて、ほかの人と互角に仕事ができたのが、新聞配達だけだったんだ」

「トランペットでは、仕事はできなかったの？」

「当然さ。まだ、プロにはなれなかった。下手クソだった。俺の持論で、十代は、きっかけ、自分のやりたいことを見つけ、二十代は、基礎固めと身体を鍛える。三十代でデビューして、四十代は飛躍し、五十代で成熟。六十代で完成し、七十代で極める、って設計したんだ。だから、今までは設計どおりに生きてきたことになる。これからはどうなるかわからないけど、自分では満足している。後悔もあるけど」

「ジュンは今、何歳なの？」

「三十九歳。もう中年。早いなー、人生なんて」

「人生に満足していても、後悔なんてものもあるの？」

「後悔や反省をしない人間なんて、進歩しない人間なんだぜ。反省あっての人間なんだ。反省しない人間だらけだったら、文明も生まれなかっただろうし、芸術も発展していないはずだ。思うに、今の世界は反省しない人間が多くなり過ぎているのかもしれない。前後の見境もなく悪事をするっていうのはね。日本は文明社会になったと自慢しているけど、物質が豊富になっただけのような感じがする。心の豊かさはどこに忘れたのか、って言いたくなる。思いやりっていうものをさ。木の伐採をして知らん顔、ゴミを捨てて知らん顔。大気圏の外から見れば、地球儀に引いてある国境線なんかどこにもなくて、ただ青い地球があるだけなんだ。自分たちだけでも忘れないようにしないとな」

サンシャインを視《み》つめながら、ジュンは言いました。

「森林なんて、何百年もかかって育ってきているんだぜ。それを切り尽くしてそのままだ。切ったあとは、義務づけて植林をするとかすればいいのに。植物は、二酸化炭素を吸って酸素を出してくれている。動物にとっては、酸素はなくてはならない物質。それを殺してしまえばどうなるかなんて、子どもでもわかることだ。川も、森林がつくっているって言ってもいいんだ。自殺行為だよ、そんなの。人間は、いつからそんなに愚かになってしまったんだろう？　十年後、百年後、千年後のことなど考えていないようだ。中には一生懸命に考えている人たちもいるんだけど、少な過ぎるんだ。自分が死んだあとのことをどうしたらよいかをさ。昔の人は、少なからずそのことを考えて行動してきたと思うんだ」

サンシャインは、ジュンの言葉を熱心に聞いています。

「死ぬって、どういうこと？　それに、生きるって何なの？　ねえ、ジュンは、なぜ生きているの？」

「人間には、目的とか、目標っていうものがある。生きるってことの最終目的とか最終目標っていったら、やはり死ぬということになる。俺は、プロのジャズトランペッターになりたくて、この町に来た。そして最後には、『プロの人間』として死んで往《ゆ》きたいと思っている。死というものがあるから、最良の人生にしようと頑張って生きていけるんだよ」

「じゃあ、ジュンは死ぬために生きてるの？　こんなに苦労して、痛みにも耐えて、プロトランペッターになれたのに。だのに、だのに、死ぬために生きてるの？」

「俺は、そう思っている。でも、なぜ苦労だなんて思うんだ？」

「誰が見ても思うわよ、そんなの」

「俺が苦労？　笑わせるなよ。俺は一度も苦労なんてした覚えはない。よく他人からは言われるけど、痛みや障碍《しょうがい》があることが苦労なのか？」

「それが、苦労なんじゃないの？」

「あのね、苦労っていうのは漢字で『苦しい労働』って書くよね。俺は、今まで苦しい労働なんてした記憶がないんだよ。自分の好きなことしかしてないんだから。だから、まったくそうは思わないんだ。これが主観と客観の違いなんだな」

「苦労じゃないの？」

「十九年前にこの町に来て、新聞配達と音楽の勉強、トランペットの練習と寝る暇もなかったけど、とっても楽しかったもんだ。遊びが仕事で、仕事が遊びだったんだから」

「でも、死ぬために生きるって、どういうこと？　自殺するほうがいいの？」

「自殺？　誰がそんなこと言った、このバカ！　瞬間、瞬間、その日一日を、無駄におろそかに生きていると、いつかはツケが回ってくるんだ。死ぬ間際に『良い人生だったなー』って思って死ねないじゃないか。そうだろ」

「うん……考えてみる」

サンシャインは、そうとしか答えられなかったのでした。

「自殺をするなんて、人生から逃げているだけだ。本当に強い人間は、最後まで頑張るものさ。借金があっても、最愛の人を亡くしても。ただ、そのときは脱殻《ぬけがら》のようになって、生きているのか、死んでいるのかもわからない状態になることもある。何もしたくなくって、お酒を呑んで逃げるように、シラフではいられないときもあるからね。でも、思い直して生きていこうとする人は、本当に強い人間なんだ」

「ジュンは、そんな経験があるの？」

「多少はね。人間が生きていく上ではいろいろとあるからさ」

「そうなんだ。でも、立ち直ったから、今も生きているんでしょう」

「まあ、そういうことになるー、のかな？」

「じゃあ、ジュンは強い人なんだ」

「さあ、どうかな？　まだまだこれからも長いんだよ。何が起こるかわからないからね。もうその話はやめだ。さあ、練習だ」

そう言うと、今度は座ったままトランペットを吹き始めました。やはり、足が相当痛いに違いありません。

サンシャインは、トランペットの音よりも、ジュンが言った『死ぬために生きる』ということが、耳から離れないでいるのでした。

広場の横の大時計を見て、ジュンは、

「あと一時間は練習しないと」

とトランペットを左手に持ち、立ち上がりました。

痛み

次の瞬間、何が起こったのか、サンシャインには理解を超えた光景が待っていました。

ジュンがアッと悲鳴を上げたかと思うと、鈍い金属音が「ガン」としたのです。なんとトランペットを花壇の角に落としたのです。自分の命よりも大切なものをジュンは手放してしまっていました。トランペットは、見るも無残な姿に変形していました。そしてジュンは、アスファルトの上に倒れていたのです。あまりにも一瞬の出来事で、サンシャインは事態を理解できない

まま、

〈何が起こったの？〉

と、ただポカンとしているのでした。

「またやっちゃったー。あーあ、トランペットがへこんじゃったー、修理代がかかるなー」

ジュンは事もなげな口調で呟《つぶや》き、四《よ》つん這《ば》いになりながらやっと花壇に座り、トランペットを拾い上げました。ジュンの左の肘《ひじ》からは血が流れています。

「ジュン、どうしたの！」

「ん？　またいつもの痛みがきただけだよ。あー、痛《い》ってー」

ティッシュを取り出して、流れる血を拭《ふ》いています。服はあちこち汚れ、ズボンには穴があいています。

「なんだ？　あのなー、穴があくほど視《み》つめんじゃないよ、こんなことで」

「ジュン！　そんなに痛むの？」

「まあね。それより、一番気に入ってたトランペットが、この有様だよ」

「トランペットがへこんだくらい、どうでもいいじゃない。ジュン、立っていられないくらい、ひどく痛むのね。隠さないで答えて！」

「まあな。一瞬だけだけど、気絶してしまうくらいの痛みが、全身を稲妻みたいに貫くんだよ、脳天まで。でも、ときどきだから、心配しなくてもいいよ」

「そんなに痛いの！　じゃあ、ステージに立って演奏もできないじゃないの」

「いや、今のところは、なんとかなってるから」

「嘘！　今のジュンの転び方は異常だよ。もうお仕事もできないんじゃないの？」

「そんなことはないさ」

「嘘つき！　どうして本当のことを言ってくれないの」

「本当にときどきなんだ。でもまだ我慢できてるから」

ジュンは、サンシャインを心配させたくなかったのです。本当は、強い痛み止めの薬を服《の》んでいたのです。痛みが激しいときには、一歩も歩けない状態になるのでした。

「ほら、歩けるだろ」

腕を振ってさっそうと大股《おおまた》に歩いてみせましたが、内心はビクビクしていたのです。またあの痛みが襲ってきたら、嘘はつき通せないとわかっていたからです。

「本当に本当に、大丈夫なの？」

「大丈夫だって言ってるだろ。何回も言わせるな、このバカ」

「でも……」

あとの言葉を言おうとすると、ジュンの手がサンシャインの口をむんずとつかみました。

「もういい。今度言ったら怒るぞ！」

しばらくの間、お互いに黙ったままでした。

「今日はフリューゲルホーンも持ってきたから」

ジュンは努めて明るく振る舞って、別のトランペットに似た楽器を取り出しました。トランペットよりもずんぐりとした楽器です。その音は、ふくよかでまるい音がしました。でも、サンシャインには、暗く哀《かな》しい音にしか聴こえませんでした。サンシャインは静かに、そのフリューゲルホーンの音を聴いていました。

何げなくジュンの腕に眼をやると、左の肘の血はもう止まっていましたが、いつも身に着けているはずの腕時計がありません。

「あれ？　今日は腕時計してないんだ。めずらしいこともあるわね。忘れたの？」

腕時計の跡がほんのり白くなっています。

「エッ」

ビクッとサンシャインを振り返り、左手首を擦りながら、

「あ、ああ、腕時計ね。た、たまには忘れることだってあるさ、俺《おれ》だって」

いつものジュンとは、明らかに態度が違います。何か悪い悪戯《いたずら》を見つけられた子どものようです。

「ジュン？　今日はなんだか変だよ。ジュンは嘘をつくのが下手なんだから。あのね、嘘をつくとき、右の頬が引きつるんだから。自分では気がついてないでしょうけど」

「俺がいつ、嘘をついたって言うんだ！」

怒るところがますます怪しい、と見抜いていましたが、もう今日はそっとしてあげたほうがよさそうです。

ジュンは、日焼けしていない腕時計の跡をじっと視《み》つめていました。

実は、新聞販売店の仕事の途中にも、突然激痛が襲っていたのです。耐え切れずその場にくずおれた時に、腕時計のガラスをどこかの角に打ちつけ、粉々に壊してしまっていたのでした。想像をはるかに超えた激痛が、繰り返し襲ってきているのを、ジュン自身どうしようもなかったのでした。

「オイ、練習の邪魔するなよ、な」

サンシャインを睨《にら》みつけましたが、どこか寂しそうな目をしていました。

フリューゲルホーンの音を聴いているツツジさんも何も言わず、悲しげな表情で、ジュンとサンシャインを見ていました。

長い練習が終わり、ジュンが、

「サンシャイン、一人で帰れる? 今日からは帰る方向が違うから、送っていけないいんだ。大丈夫だよね」

すまなさそうに言ってきました。

「大丈夫よ。心配なのはジュンのほうよ。あまり無理しちゃあダメだよ!」

「ハーイ、ワカリマシタ。なんか、母親に言われているみたいだ」

何事もなかったかのように、ジュンは笑顔を見せて帰っていきました。

〈ジュンは、十年もかかって歩けるようになったと言ってた。それなのにもう立っていられないほど足が痛みだして……〉

血と泥で汚れ、そして四つん這いで花壇のレンガによじ登ったジュンの姿が、サンシャインの脳裏に焼きついているのでした。

〈ジュンは、本当に、大丈夫なのかしら。もしもジュンがトランペットを吹けなくなったらどうなるの？　脱殻《ぬけがら》みたいになったこともあるって言ってたわ。またそんな辛《つら》い思いをするの？　私には想像もできないわ。最愛の人を亡くしたとも言ってた。親しい人が亡くなったのかもしれないなー。ああ、本当に私に何かできないかしら。あれ？　最愛の人って誰《だれ》？　ご両親は健在だって聞いたし、兄弟の誰かかな？　私じゃないことだけは、確かなんだけど……。ジュンはまだ独りっきりだし、アッ！　恋人？　そうか、そうだよね。あんないい人なんだから、恋人がいたって不思議じゃないもんなー。どんな人だったのかな。たぶん、心の綺麗《きれい》な女の人だったんだろうな。私も、ジュンのような誠実で、心の綺麗な人に愛されるようにならないと。うん、猫でも、それくらいは頑張ればなれるかもしれない。でもジュン、心配だなー〉

サンシャインは、すっかり暗くなった道を、うつ向いてトボトボとお家《うち》に帰っていきました。

それから、サンシャインは花壇に行こうと思うのでしたが、ジュンと顔を合わせるのが辛《つら》くて、行きそびれて躊躇《ちゅうちょ》していたのでした。

お母さんがサンシャインから話を聞き、心配して、

「勇気を出して行ってきたら？　あなたにも何かできるかもしれないじゃないの」

と、サンシャインの頭をなめながら励ましてくれました。

ジュンの家

今度トランペットが聴こえたら、思い切って行こうと決心していましたが、それからというもの、ジュンのトランペットの音が一ヵ月ほども途絶えているのです。

〈何かあったんだわ、きっと。どうしよう〉

サンシャインは心配で、居ても立ってもいられません。

お母さんも心配しています。

〈そうだ。銀杏《いちょう》さんやツツジさんに聞いたら何か知っているかも〉

と銀杏並木に急いで駆けつけました。けれど、銀杏さんは何も知らない様子で、ツツジさんだけが頼りです。

「ツツジさん、ジュンがこの頃練習に来てないようだけど、何か知らない？」

「私たちもはっきりとは知らないんですが、しばらくは来られないようなことを言っていましたよ。音楽スタジオに缶詰状態になるって話していらして、録音か何かをするって、張り切っていましたね。あなたが来ないので、心配なさっていましたよ」

ツツジさんの言葉に安心して、全身の力が抜けるようでした。

「よかった！　歩けなくなったんじゃなかったのね！」

「あなたこそ、どうしてたんです？　一ヵ月も来ないもんだから、心配なさってましたよ。『アイツがいないと、なぜか寂しいな。風邪でも引いたんじゃあないかな?』って」

サンシャインは、今までの心配がすっかり晴れて、元気になっていました。


今日は土曜日です。ということは、当たり前に、明日は日曜日です。サンシャインはある決意を固めていました。

〈いくら音楽スタジオに缶詰でも、日曜日くらいはお家《うち》にいるはずだわ。明日ジュンのお家を探しに行ってみよっと〉

とんでもないことを考えていたのでした。

次の日、サンシャインは朝ご飯を食べると散歩に行くふりをして家を出ました。が、四つの谷の方角も定かではありません。

〈たしか、私のお家と反対のほうだって言ってたわ〉

と、家と反対のほうへ歩いていきました。いつもは眼に留めていなかった野球場と競技場の向かいのグラウンドですが、このグラウンドは野球の試合が六つもできる広さがありました。猫にとっては、ものすごい広さです。

〈私にも、犬さんのような嗅覚《きゅうかく》があれば、すぐにわかるはずなんだけどなー〉

と歩道を歩いていると、どこかで見たことのあるラブラドールが散歩をしていました。ラブです。

「あれ？　いつか、トランペットのお兄さんと一緒にいた子猫ちゃんじゃないか。あっ、失礼。もう子猫じゃないな。見間違えるくらい、おとなになって」

と話しかけてきました。

「こんなところを歩いて、どこに行くんだい？」

「あのね、四つの谷があるところに行きたいの。どっちに行けばいいか知らない？　ジュンに会いに行くの」

「ジュンって、トランペットのお兄さん？　あのお兄さんなら、南山に住んでいるはずだよ」

「それが、お引っ越ししちゃったの。四つの谷のほうへ」

「そうか。それでこの頃会えないわけだ。で、そこに行くのかい？」

「うん。知ってたら教えてほしいんだけど」

「お兄さんの家までは知らないけど、四つの谷の方向は知ってるよ」

「ホント！　どう行けばいいの？」

サンシャインは尻尾《しっぽ》を立て、嬉しそうに聞きました。

「君が歩いている道をまっすぐ行けばいいよ。森を抜けると、駅が右に見えて、大きな病院が左にある。それをただまっすぐ行けば、四つの谷へ行けるよ」

「なーんだ。この道をまっすぐ行くだけでいいんだ」

「でも、駅前には大きな交差点があるし、人も大勢通っているから、気をつけて行くんだよ。あっ、お兄さんに会ったらよろしく伝えてくれよな」

「どうも、ありがとう」

ラブは、待たせていた飼い主に引かれて歩き出しました。

サンシャインが、初めてジュンに会いに来た時に見た国会議事堂のような石造りの建物を左に見ながら歩いていくと、初めは見えなかった広場が建物の前に広がっていました。

「あれは、国会議事堂ではなくて、美術館なんですよ」

とサクラさんが教えてくれました。

「へーっ、美術館だったの。知らなかったわ」

「あなたは、ここに初めて来たようですね。どこかへ行くのですか？　私に何かお手伝いできることがあれば、お教えしますよ」

と言ってくれました。

サンシャインはそれを聞き、

〈植物さんでも、ほかの人のお手伝いができるんだ〉

と強く思い、

〈じゃあ、こんな私にでも、何かジュンのお手伝いができるかもしれない〉

と自信を強めたのでした。

「あのー、私の知っている人で、トランペットを吹いている方がいるのですが。今度、南山から四つの谷へお引っ越しされたんです。その人のところへ行きたいのです。知っていたら、ぜひお教え願いたいのですが」

「最近、この道を通っている人でしょう。この広場でも、トランペットを教えていますよ。教えられている人は、『神様が現れた！』って喜んでいましたわよ」

サンシャインは目をキラキラ輝かせて、

「きっと間違いないわ。知っているのですね！」

ワクワクして、サクラさんの根元まで近づきました。

「ええ、知っていますよ。でも、残念ながら、あの方の住んでいるところまでは知りません」

サンシャインは肩を落とし、座り込んでしまいました。

「でも、街路樹のポプラさんたちに呼びかけてみますから。あなたは、ポプラさんたちに聞きながら行くと、わかるかもしれませんよ」

サンシャインは背筋をピンと伸ばして、

「ぜひお願いします。そうか。みんなで協力し合えば、わかるんですね！すごいや。植物さんたちは、助け合って生きているんですね！」

サンシャインは、ある種の感激にも似たものを感じていました。

「でも、わからなくても私たちを恨まないでくださいね。最善は尽くしますから」

「そんなことはしません。そんなことがジュンに知れたら、私叱られてしまいます」

「ジュンさんって、あのトランペットの人ですね？」

「はい、そうです」

「あなた、お名前はなんとおっしゃるの？」

「私は、サンシャインと言います」

「じゃあ、サンシャインさん。叱られるって、嫌なことだと思いますか？」

「そりゃあ、誰だって嫌なんじゃないですか」

「それは間違いです。あなたが見込みがあって、善悪をわかろうとしているから、叱られるのです。そうでなければ、みんなから相手にもされなくなるはずです。叱られるっていうのは、相手の方からかわいがられている証拠なんですよ」

　そういえば、サンシャインは、お母さんにもよく叱られます。かわいがられている証拠というのは、サクラさんの言うのが正しいのかもしれません。

「はい。わかりました。見込みがあるからこそ叱られるのだと、私も本当にそう思います。叱られなくなったら、見捨てられたということなんですね」

「まあ！　サンシャインさんは頭が良いのね。そういうことなんですよ。では、ポプラさんたちにすぐ伝えましょう」

と言うと、伝言ゲームのように枝をガサガサと揺らしながら、隣から隣へと伝えていってくれました。

「サクラさん、どうもありがとうございました」

頭をペコリと下げ、サンシャインはポプラの街路樹が並ぶ歩道を歩いていきました。

ポプラさんに導かれて三百メートルほど来たところで、

「ここの道を入っていけばいいはずなんだけど、あとは誰かに尋ねるといい

郵 便 は が き

料金受取人払郵便

新宿局承認

7552

差出有効期間
2024年1月
31日まで

（切手不要）

1 6 0-8 7 9 1

1 4 1

東京都新宿区新宿1－10－1

（株）文芸社

愛読者カード係 行

ふりがな お名前		明治 大正 昭和 平成　年生 歳		
ふりがな ご住所	□□□-□□□□		性別 男・女	
お電話 番 号	（書籍ご注文の際に必要です）	ご職業		
E-mail				
ご購読雑誌（複数可）		ご購読新聞 新聞		

最近読んでおもしろかった本や今後、とりあげてほしいテーマをお教えください。

ご自分の研究成果や経験、お考え等を出版してみたいというお気持ちはありますか。

ある　ない　内容・テーマ（　　　　　　　　　　　　　　）

現在完成した作品をお持ちですか。

ある　ない　ジャンル・原稿量（　　　　　　　　　　　　　　）

書　名				
お買上 書　店	都道 府県　　　市区 郡	書店名	書店	
		ご購入日	年　　月　　日	

本書をどこでお知りになりましたか?
1.書店店頭　2.知人にすすめられて　3.インターネット(サイト名　　　　)
4.DMハガキ　5.広告、記事を見て(新聞、雑誌名　　　　)

上の質問に関連して、ご購入の決め手となったのは?
1.タイトル　2.著者　3.内容　4.カバーデザイン　5.帯
その他ご自由にお書きください。
(　　　　)

本書についてのご意見、ご感想をお聞かせください。
①内容について

②カバー、タイトル、帯について

弊社Webサイトからもご意見、ご感想をお寄せいただけます。

ご協力ありがとうございました。
※お寄せいただいたご意見、ご感想は新聞広告等で匿名にて使わせていただくことがあります。
※お客様の個人情報は、小社からの連絡のみに使用します。社外に提供することは一切ありません。

■書籍のご注文は、お近くの書店または、ブックサービス(0120-29-9625)、セブンネットショッピング(http://7net.omni7.jp/)にお申し込み下さい。

んじゃないかな。気をつけていくんだよ」

と注意を受けて、別れました。少し行くと、左に酒屋があり、道が左にも延びていました。誰かに聞こうとしましたが、誰もいません。

〈いいや、まっすぐ行こうっと〉

サンシャインは歩き始めました。右にお寺があり、向かいには小さな医院がありました。そこにも道が左に延びていましたが、まっすぐ行ってみることにしました。少し歩いていくと、白くて耳と尻尾の先が黒い猫がいました。

「ねぇ、この辺にトランペットを吹いているお兄さんがいるはずなんだけど、知らない？」

問いかけるとその猫は、

「それなら僕の家の奥に来た人じゃないかな。いつも、トランペットの音がしてるけど。この細い路地を入って、左の突き当たりの家だよ。じゃあ、僕は散歩に出かけるから」

と路地の向かいの、これまた狭くて細い下り坂をゆっくりと下りていきました。

サンシャインは大きな溜め息をつき、

「やっと見つけたわ！」

とその路地へと駆け出しました。突き当たりの左の端に、自転車が止めてありました。それは紛《まぎ》れもなく、新聞配達用の自転車でした。家の横には見覚えのあるシャツが干してあり、ジュンの家であることを物語っています。玄関の横には立派な表札がかけてありましたが、猫のサンシャインには読めません。

玄関は開いていましたが、その前の石段には大きな土蛙《つちがえる》がデンと座って門番をしていました。家の中からは波のような水の音と弦楽器が聴こえています。

サンシャインは門番の土蛙さんに、

「私、ここに住んでいる人の知り合いなの。入れてくれないかしら」

恐る恐る声をかけました。

土蛙はギロリと睨《にら》みつけ、

「なに、知り合いだと？　うーん、わかった。入んな」

石段をノッソノッソと下りて、玄関を通してくれました。

大きな玄関です。

〈やっと着いたわ。私のお家よりも広いや〉

廊下をゆっくりと通り抜けながら、ダイニングキッチンやリビングルームにと目を移し、音が大きく鳴っているほうへと進みました。

大きなスピーカーから音が流れています。机や電子ピアノ、その奥には天井に届きそうなベンジャミンの植木も置かれています。そのほかにも見たこともない機械がたくさん、所狭しと並んでいます。壁には油絵が何枚も飾ってありました。ジュンは、そこに大きなL字形のソファーがあるにもかかわらず、堅い木でできた低い椅子《いす》に座って目を閉じ、オープンリールテープデッキからの音楽に耳を傾けていました。サンシャインは、邪魔にならないようにジュンの背後でじっとしていました。

その時です。突然、ジュンがビクッとして、勢いよく後ろを振り向いたのです。サンシャインも、その驚きようにビックリして飛び上がり、

ジュンの家

「あ！」

「ア！」

「び」

「ビ」

「っ」

「ッ」

「く」

「ク」

「り」

「リ」

「し」

「シ」

「た」

「タ」

「！」

「！」

と、お互いに同時に驚いて言い合いました。

ジュンはサンシャインを視《み》つめながら、

「お前、サンシャイン？」

と目を白黒させています。

お前、サンシャイン？

「お前、サンシャイン？」

同じことを繰り返すジュンは、よほど驚いているようです。

「なぜサンシャインがここにいるんだ？　ホントにサンシャイン？」

「別に驚かすつもりはなかったのよ。でもジュンの驚き方にこっちまでビックリしちゃって」

「あまり驚かすな！　このバカ！」

「私だって驚いたわよ！　何もしてないのに、突然飛び上がってビックリするんだもの」

「どっちがだよ！　お前が驚かしたんだぞ、少しは謝れ。アー、びっくりした」

「私は驚かせたくなかったから、ジュンの後ろで静かにしていたのに、謝れだって」

「それがいけないんだよ！　何かひと声かけろ、それが礼儀だろ。心臓が口から飛び出すかと思ったぜ、まったく」

心臓の鼓動も治まり一段落したものの、廊下を見て、

「あーあ、お前の足跡がこんなについてる」

ジュンはサンシャインを抱き上げ、足の裏を見ました。

「俺《おれ》の家の周りは土なんだぜ。足くらい、拭《ふ》いて上がれよ。ここは俺の家な

んだからさー。自分の家ではどうしてんだ？」

「足拭きマットが置いてあって、その上を歩くんだ」

得意顔です。

「生憎《あいにく》と俺の家では、そんな気の利いた代物はないんでね」

とジュンはサンシャインを浴室に抱いたまま連れていき、足を洗ってくれました。

「ほんとに世話を焼かせるんだから、困ったもんだ」

やっとソファーに落ち着きました。

サンシャインは、さっきジュンが座っていた低い木の椅子《いす》の上で、大きなスピーカーから流れてくる音楽に耳を傾けていました。オープンリールテープデッキからの音は、地響きのような音も、繊細な小さい音も自由自在に出ています。

「こんな音、初めて聴くよ。これは何の音なの？」

「これはね、海の波の音なんだ。あとは弦楽器の音をコンピュータで創ってミックスしたんだ。後ろのスピーカーからも音が出てて良い感じだろ」

「海って、どういうところなの？　私はまだ行ったことがないからわからないわ」

「そうか、サンシャインは海を見たことがないんだ。それならスクリーンに映して見せてやるよ」

ジュンは天井からスクリーンを下ろし、液晶プロジェクターのスイッチを入れました。それからカーテンを引き、部屋を暗くしました。

「これはレーザーディスクという代物で、キレイに映るんだよ」

と虹色に輝く円盤のようなものをレーザーディスクプレーヤーにセットしました。スクリーンはとても大きくて、まるで映画館のようです。

そこに映し出された海岸の風景は、その場にいるような錯覚さえ覚えます。波が前からドドッと押し寄せ、サーッと引いていくのがわかります。サンシャインは本当にその場にいて、波の上にフワフワ浮かんでいるような感覚になっていました。

「この音楽は、ジャズじゃないんでしょう？」

「うん、ジャズじゃない。エステティックサロンの経営者から『リラックスできる音楽を創ってくれ』って頼まれて、音楽スタジオで創ったんだ」

「ツツジさんが言ってたの。この音楽を創るために練習に来られなかったんだね」

「サンシャインこそ、どうして来なかったんだ？　風邪でも引いたのかと思ってたよ」

「行けなかったの。だって足が痛そうだったし、ジュンのこと考えると辛《つら》くて、私に何ができるかって考えていたから……」

「へえー、ホントかよ。案外優しいんだな。見直さなくっちゃいけないな」

優しい眼差しがサンシャインを包みました。

「今日は痛くないの？　足」

「ほら、見てのとおりだ、大丈夫」

ウィンクなんかしています。

「お母さんも、トランペットの音がしないから、心配してたよ。さっきね、犬のラブさんに会ったら『よろしく言っといてくれ』って」

「そうか、ここんとこずーっと、この音楽を創るのに精一杯で、練習に行ってなかったからな。みんな心配してるかもね」

「そうよ、心配してたわよ。みんな元気がなかったみたい」

「今日は行こうと思っていたんだ。でも、よく俺の家がわかったな」

「そんなに遠くないのね。私、もっと遠いところかと覚悟してたのに。ラブさんやサクラさん、ポプラさんたちに聞きながら来たのよ。最後はお隣の猫に聞いたんだ。そしたら、玄関に大きな土蛙《つちがえる》さんが門番してて、『ジュンの知り合いです』って言ったら、通してくれたんだよ」

「ああ、アイツか。引っ越してすぐの時は、『なんだ？　このデカイ土蛙は』と思ったけど、あれでけっこうかわいいんだぜ、門番してくれててさ。夜なんかよく見えなくて、蹴飛ばしそうになってしまうときもあるけど」

「私、この音楽を聴いてたら、眠くなっちゃった」

サンシャインはあくびをしています。

「それを目的に創ったんだから、眠くなって当然なの。これを聴いて興奮したら、神経がどうかしてるやつだよ。ひと眠りしろ」

ジュンは、サンシャインが眠りやすいように、クッションの中央を少しへこませて準備してくれました。海の音を聴きながら、サンシャインはスヤスヤと眠りに落ちていったのでした。


サンシャインが目を覚ますと、スクリーンはなく音楽も止まっていて、明るい柔らかな風が窓から拡散し、日差しと仲良く戯れながらカーテンを揺らしています。

サンシャインはふと、自分がどこにいるのか覚えず、キョロキョロと部屋の中を見回しました。そして巨大なスピーカーを見て、

〈あっ、そうか。ジュンのお部屋なんだ、ここは〉

と気がついたのでした。背伸びをしてジュンを探すと、キッチンに立っています。

「ジュン、何かお料理を作っているの？」

「ネボスケ。疲れていたのかな？　よく眠っていたぜ、気持ちよさそうに。イビキも聞こえていたぞ」

ジュンは言いました。

「えっ、イビキ！　嘘。やだー」

「ハハハ、嘘だよ。意外とかわいらしかったぞ、寝顔。おい、雨が降ってき

たぞ、サンシャイン」

料理を作る手を止めて包丁を持ったまま振り向き、ジュンが言いました。

その時、土蛙がうれしそうにゲロッと鳴きました。

「雨？　私、帰れなくなっちゃう。どうしよう？」

「大丈夫、これは夕立の雨だからすぐやむよ」

「ああ、よかった」

サンシャインはホッとしました。

「今、ホワイトソースを作ってたんだ。白ワインにナチュラルチーズを溶かして、このイワシの焼いた上にかけてみようかと思ってね。イワシやチーズは食べられるんだろ」

「うん、大好物だけど。ワインはちょっといけないんじゃない？」

「大丈夫。こうやって長時間火にかけてると、アルコール分は飛んじゃうから。でも、イワシにホワイトソースをかけるのは初めてだけど」

「私の食べられるものにしてくれたの？」

「そうだよ。これだったら食べられるかな?ってね。さあ、どうぞ。お召し上がりくださいませ、お姫さま」

「ありがとう。優しいんだね、ジュンは。でも、私はナイフやフォークなんて、使えないからね」

「それくらい、わかってらー。頭からガブッと齧《かじ》りつけ」

「頭は美味《おい》しくないのよ」

「贅沢《ぜいたく》、言うな。この前も言ったはずだぜ。食べるものさえない人や、猫たちも大勢いるって。だから頭も食べろ！　わかったか」

言われて、サンシャインは思い直して、食べ始めました。食べてみると、なかなかいけます。ジュンも、頭から骨まで食べていました。

「全部食べないと、イワシさんに申しわけないだろ。命を分けてくれているんだから」

「そうね。全部食べるわ」

「うまいか？　初めて作ったんだけど」

「うん、すごく美味しい！　キャットフードとは全然違うもん。お料理上手なのね、感心」

「一人暮らしも十九年目だから、嫌でもうまくなるよ」

ジュンも、サンシャインも、全部キレイに食べてしまいました。

「俺はコーヒー、サンシャインはミルクで仕上げだ」

同じソファーに座り、ジュンもくつろいでいます。

「ジュンは、なぜソファーがあるのに、音楽を聴くときには硬い木の椅子に座って聴くの？」

「ん、それはね、柔らかいフカフカのソファーだと、音楽がよく頭に入らないんだ。なぜかはわからないんだけど、硬い椅子のほうがいいんだ。たぶん、柔らかい椅子だと神経が散漫になって、気持ちがダラーッとしてしまうんだろうね。ＢＧＭで聴くのならそれでもいいんだけど、俺は真剣に聴きたいんだ」

「ジュンはいつも真剣なんだね、何をするときにも」

「そんなことはないけど、真剣にしないと他の人と同じ仕事量はできないからね、俺は」

「レコードは、何枚くらい持ってるの?」

「数えたことなんてないよ。さー、三千枚はあるんじゃないかな、たぶん。CDも入れるともっと増えるけど、俺はレコードのほうが好きなんだ。時間的にも、真剣に聴くにはちょうどいい。片面二十分くらいだし。音もCDより良くって、高音をキレイに聴くことができるからね」

「あっ、それは私にもわかるわよ。CDの音は、なぜか本物の音じゃないような気がするのよね。なぜだかは、わからないんだけど」

「そりゃあそうだよ。猫は、人間が聞こえないような高い音まで聞こえるんだから。コウモリの超音波でも、聞こえるんじゃないのか?」

「コウモリさんとは、会ってお話をしたことがないからわからないわ」

「そういえば、今日は俺のことを心配して、わざわざここまで来てくれたんだったね」

「そのつもりだったんだけど……でも、反対に私のほうが癒《いや》されちゃったみたい」

サンシャインにできること

「ねえ、ジュン。私に、何かお手伝いできることってないの？　私はなんの取柄もない猫だけど、ジュンのために何かしたいのよ」

「サンシャイン、世の中には仕事っていうものがあるよね。仕事っていうと、なんのためにするものだと思う？」

「さあ、なんのためなの？」

「自分のためにもなって、ほかの人のためにも、っていうか、社会のためにもなるものを、仕事っていうんだ。お母さんの手伝いもそうだし、新聞配達だってそうだ。音楽も、聴いている人たちに何かを感じてもらっているから、仕事っていうんだ。そこには、犠牲の精神なんて存在しないんだよ。そう思ってたら、長続きはしないんだ。『やってあげてる』『してやってる』なんて思っていたら、とんでもないことになるぜ。たとえばボランティアなんかでも、手伝って、『ありがとう』って笑顔で言われるのが、自分にとってすごく嬉しいからするんだ。いわば、無償の愛がないとだめなんだ。お医者さんや看護師さんも、患者さんが回復して良くなっていくのを見るのが、何よりも嬉しいことなんだ。サンシャインにはわかるよね。俺《おれ》に何かをするってことは、サンシャインにも何かプラスにならなければ意味がない。また、見返りを期待してもだめなんだ。見返りを期待し過ぎるから、憎しみや怒りが湧いてくるんだよ」

「私はジュンのためにも、そして私のためにも、何かをしたいの。決してジュンのためだけじゃないんだよ。ジュンも笑って、私も笑って、そしてこの世界中が笑って」

「よくわかってるんじゃないか、お前」

ジュンは、サンシャインを膝《ひざ》に乗せました。ジュンの太ももは、硬くて、ゴツゴツしていて、決して座り心地はよくはありませんが、温かくて、とても気持ちよく感じました。

「サンシャインは今、何もしてないと思ってる？」

背を丸めて、ジュンが聞きました。

「今？　そう、何にもしてない。ただジュンの膝に横になっているだけ」

するとジュンは、我が意を得たりというふうにニコッ！　と笑って、サンシャインの顔を上に向けました。

「してるんだな、これが。わからないか？」

サンシャインにはわかりません。

「私が何かしてるというの？」

「そのとおり！　俺にはものすごくいいことをね」

そう言われても、サンシャインには何をしてるのか、想像もつきません。

「私が？　何かためになることを、私がしてるの？」

「そうだよ。ずーっとしている。俺の家に来た時も、そして今も」

「なぜ？　何ができるかを探しに、今日はジュンのお家《うち》に来たのよ」

「探さなくても、今日したすべての行動が俺のためになっているんだ」

「えーっ、そうなの？　私はくつろいでいるだけだわよ。ジュンのためには、何にもしてないと思うんだけどな」

「サンシャインが、俺の家を探してまで来てくれて、俺の料理を食べてくれて、今は俺の膝で横になっているのが、嬉しいんだ。サンシャインも、ここへ来てくつろいだと感じている。そのすべてが、自分のためでもあり、また、ほかの人を喜ばしている。これなんだよ。簡単なことだ」

「……」

サンシャインは首を傾《かし》げてジュンを視《み》つめています。

「私が、ジュンのために何かしたってわけ？　おかしいよ、そんなの」

「別におかしかねーよ。おかしいのは、サンシャインの顔のほうだ」

「私が真剣に話をしているのに、よくもそんなことが言えるね！　ジュンなんて大っ嫌い」

「その言葉、何回聞いたかな、『大嫌い』って。耳にタコができちゃうよ」

「フン、偉そうに！　もう答えないからね」

サンシャインは、ジュンの膝の上で丸くなって眠ったふりをしました。ジュンもわかっていて、悪戯《いたずら》をしています。サンシャインのヒゲをピッピッと引っ張っています。

サンシャインは耐えかねて、アクビをして怒りました。

「何をしてるのよ！　せっかく眠っているのに！」

「猫って、どうしてヒゲを引っ張るとアクビをするのかな？　俺んとこの猫もそうだった」

「もう！　遊ばないでよ。ジュンもお髭《ひげ》を生やしてるけど、引っ張ればアクビをする？」

「バカ、そんなわけねーだろうが。俺は猫じゃないんだから、一緒にするな」

「じゃあ、どうしてお髭なんんか生やしてるの？　格好いいから？」

「そうじゃなくて、トランペットのマウスピースが唇にあたるから、剃刀《かみそり》で唇を切らないように髭を生やしてるだけだ。格好だけで髭なんか生やさないよ」

「へー、ちゃんとした理由があるんだ。ただ不精なだけかと思っていたわ！」

　サンシャインが怒るのをよそに、ジュンは遠くを眺めるような目をして言いました。

「俺がこの町に来て、数年経って、家で飼っていた猫が死んじゃったんだ。老衰でね」

「何年、生きたの？」

「二十年。長生きしたんだよ。忙しい毎日を送っていたのに、その時はなぜか猫のことを思い出したんだ。その夜に、親父から連絡があって、『猫が今日死んだ』って。俺が猫を思い出した時刻とぴったり一致するんだ。やっぱり俺のことを忘れないで、挨拶《あいさつ》に来てくれたんだなって思って、泣いちゃったよ」

「その猫は、みんなから愛されていたんだね」

「そうだよ。家族の一員だったね。毛並みはきたなくて、色がまだらで、足と尻尾《しっぽ》と耳の先が黒くて、鼻に斑点《はんてん》があってさ。これは貰《もら》い手がいないだろうと、家で飼うことにしたんだ。でも、瞳《ひとみ》はどんな宝石よりも美しかったよ。俺には、タヌキのようにかわいく見えたね。一緒によく遊んだんだ」

サンシャインは黙って聞いていましたが、ジュンがとてもかわいがってい
た猫がタヌキのようだったと言うので、自分のことを同じように思ってくれ
ていたのだと知り、嬉しくなりました。

ジュンは話し続けました。

「サンシャインが生まれるもっと前に、ノラ猫が子どもを産んだんだ。新聞屋さんの近くでね。その中の一匹が、俺のように身体が不自由な脳性マヒの子猫でさ。親猫のお腹《なか》が大きい時に、心ない人に蹴《け》られたか、何かがあって、脳にダメージを受けたんだと思うんだ。『こいつだけは助けないといけない。これは俺の義務だ』って思って、ミルクとか食べ物をあげようとしたのに、死んじゃってさ……餌がうまく食べられなくて。身体が震えてフラフラしてて、身体を上に向けて、口を開けさせて食べ物を入れてやるんだけど、吐き

出しちゃうんだ、何度やっても。あそこまで大きくなれたんだから、親猫の乳は飲めたはずなんだけど、それでも死んじゃった。ほかの子猫はすくすく育っていったのにね」

サンシャインは黙って聞いています。

「強いものだけが生き残る、っていうことなんだな、自然淘汰《とうた》されてね。俺なんかも、生まれた時は一キロもなかったんだ。三十九年も昔だったから、死んでいても不思議はなかったんだ。強いものが生き残る世界においてはね。人間の子どもだったから、なんとか死なずにすんだのかな。親に感謝しないといけないな……そんなこともあったからな。元気なサンシャインが、俺の前に現れた時は嬉しかったよ」

サンシャインは、ただ自分がいるだけで、ジュンの役に立っているということが、なんとなくわかるような気がしました。

マザー・テレサ

「おい、サンシャイン、足が痺《しび》れてきたよ。お前さ、案外重いんだよ。頼むから、こっちのソファーに移ってくれよ」

「私、ここがいいんだけどなあ」

丸くなったままです。

「わがままな猫だな」

サンシャインをそっと隣のソファーに移すと、ジュンは溜《た》め息をつきました。

午後をだいぶ過ぎていました。ジュンは、やはり足が痛そうです。

「ねえ、ジュン。足が痛くなったら、ステージにも立てないんじゃない？」

「そうなれば、椅子《いす》に座って演《や》るしかないね」

「歩けなくなったら、どうするの？」

「そのときはそのときさ。覚悟はできてる」

「覚悟って、足の手術をするの？」

「それしか道はないだろう。完治するかどうか、わからないけど」

「入院するの？　長くなるの？」

「さー、半年か一年か、俺《おれ》にはわからないよ。俺はお医者さんじゃないんだからさ」

「その間は、動けなくなるんでしょう。大変なんだね。想像もできないわ。

私、看護師さんになろうかな」

ジュンは、笑っています。

「なぜ笑うのよ！　真剣なんだから」

「猫の看護師さんなんて、聞いたこともないぜ。あのね、看護師さんになるには、看護学校に行って、教科書を読んで勉強して、国家試験に合格して、やっと看護師さんになれるんだぜ。サンシャインにそんなことができるかい？」

するとと、サンシャインは考えて言いました。

「そっか、私は字も書けないし、字も読めないし、教科書を読んで勉強もできないから無理かなあ……ジュンの玄関にかかっている表札も、私には読めないんだものね……」

「そうだろう」

ジュンは言いました。

「でもね、ジュンだって、今まで頑張ってきたからプロのジャズトランペッターになれたんでしょう！」

「うん、そうだな」

「だったら、こんな私でも、夢を持ち続けて頑張れば、猫の看護師さんになれるかもしれないじゃない！」

「そりゃあ、そうだな。猫の看護師さんがいても不思議じゃないよな。ありがとう、俺のことを心配して言ってくれているんだよね」

「でしょう！　夢は持ち続ければ必ずかなうものなのよ」

「そうだな。だけどな、サンシャイン、サンシャインは今のままで立派な看護師さんだよ」

「えっ、ホント？　こんな私でも看護師さんなの？」

「そうだよ。サンシャインがこうしているだけで、俺は本当に癒《いや》されているんだよ。サンシャインは今のままで、すごく魅力的な猫の看護師さんなんだよ」

「ええー、私は魅力なんてないよ……タヌキっぽいし……」

「あのね、サンシャイン。外見なんか最初だけなんだから。首にリボンをつけてシャナリシャナリと歩いている猫よりも、美容院で毛をカットした猫よりも、人のためになることを考えているサンシャインのほうが、どれほど魅力があるか。わかる人には、わかるんだよ。内面から輝き出るものが、本当の美しさなんだ。ワッカルカナー」

「私、魅力があるの？」

「そうだよ。何度も言わせるなよ！」

「でも、本当にそうなのかなあ」

「サンシャインは、マザー・テレサっていう人を知っているか？」

「知らないわ」

「そうだろうな。その人は修道尼なんだけど、貧しい人や、病気になった人たち一人ひとりの手を握り、優しく語りかけ、大勢の人の最期を見守ってきた人なんだ。日本へ招待されて、パーティーに出席した時には、『これだけの食べ物があれば、何人の人の命が救われるか！』って言ったんだ。いつも誰かのことを考えているんだね。これこそが無償の愛なんだ。その人の、顔の無数の皺《しわ》は輝いていたよ。皺が輝くっておかしいんだけど、人の美しさなんて年齢を超越してしまうんだ。若いときが美しいかっていうと、そうじゃない。化粧でいくら化けても、外見だけが綺麗《きれい》に見えるだけなんだ。サンシャイン、これだけは忘れちゃだめだぜ。見せかけだけの美しさなんて、一皮剝けば鬼かもしれないんだから。それにだまされるなんて、最低だからね」

サンシャインは、一言も聞き漏らさないように、耳をピンと立てて真剣に聞いていました。

「綺麗になるって、優しい心で最善を尽くせばいいのね。前にさ、雨の日があったでしょう。庭に咲いているアジサイさんを見ていて、なぜ雨が降ると、アジサイさんはあんなに綺麗に美しくなれるのかなって。雨の雫《しずく》は、真珠みたいに変わっちゃってて、ものすごく美しかったの。あんなに美しくなれるんだったら、私も雨に濡《ぬ》れちゃおうかな、って思ったこともあったんだ」

「それであの日、ポストの上で雨に濡れていたのか？　おバカさんですね！」

「違うわよ。誰がそんなことするもんですか。あれは、ジュンが夕刊を配達してたから、飛び出したのよ。雨具の中は、汗臭かったわよ」

「汗くらい、かきますよ！　配達してんだからさ。あのねー、アジサイさんは、大好きな雨水を天からもらって、ありがとうって、一所懸命に咲いているんだ。一瞬一瞬を精一杯生きようとしている姿も美しく見えるもんだ。俺の仕事中の汗も、臭いどころか、美しいと言ってもらいたいねー！」

「もう、わかったわよー！　ところで、大事な人を亡くしたって言ってたけど、ジュンにはお嫁さんっていないの？　こんなに大きなお家に、一人だけで住むなんてもったいないよ」

ジュンは、サンシャインからこんなことを聞かれるとは思ってもいなかったので、ちょっと驚いてしまいました。

「そりゃあ、俺だって男だぜ。好きな女性もいたさ」

「聞きたいなあ、その女性のこと」

「猫に、なぜ、そんなことを言わなきゃなんないんだ？」

ジュンは思い出したくないようですが、サンシャインは怒られるのを覚悟で聞きました。

何があったの？

「何があったの？」

ジュンは、サンシャインを視《み》つめていました。が、やがて、静かに口を動かし始めました。

「この町に来て、練習してたら、話しかけてきた女の人がいたんだ。俺《おれ》が二十五歳くらいだったかな。その人は脊椎《せきつい》の病気で、長年入院していたんだ。退院してからは、体力をつけるために、銀杏《いちょう》並木を散歩するのを日課にしていて、俺がいつもトランペットの練習しているのを聴いていたらしいんだ。

ある日、優しく声をかけてくれたんだ。それからつき合い始めて……でも、半年も経たないで亡くなってしまったんだ。その女性の家族に理解してもらう時間もなかったよ。俺は寂しさと後悔とでいっぱいになって、それを紛らわすために酒を呑《の》み続け、廃人同様だったんだ。やはり自分は身体が不自由だし、そんなこともあってさ。女性に対しては大胆な行動ができなくなってしまったようで。これだけは、頭ではわかっているつもりなんだけど、どうしようもないみたいだな」

悲しそうに、また、あきらめているかのようにジュンは言いました。

「ジュンは、言ってることと行動が一致してないよ！　身体が不自由って、そんなに負い目になるの？　いつものジュンは、そんな弱音は吐かない人だと信じてたのに。何よ！　私にばっかり強気なことを言っといて、自分のことになると、殻に閉じこもっちゃって。見損なったわ！」

サンシャインは心を鬼にしてジュンに言いました。サンシャインは、もし、お母さんやジュンがいなくなったら、自分もどうなるか自信はありませんでしたが、ジュンのためにあえてそう言ったのでした。ときどきジュンが、遠くに目線を移して苦痛の表情を見せることがあるのは、そういう過去があったからでしょうか。日頃はそんなことは微塵《みじん》も出さないけれども、その時はよほど辛《つら》かったに違いありません。

人間は、悲しさや苦痛、困難に遭遇して、それを乗り越えて強くなっていくんだとジュンは言いましたが、やはり忘れてしまうことはできないようです。人間は過去にあったことは忘れることができず、一生背負って生きていかなければならないのでしょうか。それとも、時間が経てば記憶から消えて、新しく人生を歩むことができるのでしょうか。サンシャインには、わかりませんでした。

「だから、頭ではわかってるって言っただろ。だけど、どうしてもだめなんだ。時間が必要だと思うんだ。待つことも、大事なことだ」

「いつまで待つの？　時間が経ってもダメだったら、どうするの？」

「それはそれで仕方がない。俺を本当に愛してくれる人の出現を待つしかない」

「何十年待っても、一生、現れないかもしれないじゃないの」

「現れるかもしれないし、一生ダメかもしれない。……ただね、人間にとって、何が幸せで何が不幸か、なんてわからないんだよ。会社で出世して役員になるとか、自分の子どもを有名校に入学させるとか、自分のためだけに金を貯めて喜んでいる人とか、俺みたいに、いい音楽ができて幸せを感じる人とか、さまざまなんだ。でも、病気が治って幸せと感じるのは、誰《だれ》しも同じだ。俺なんかは、手も足もある。不自由だけどさ。それだけでも、ありがたいことなんだ。つまり、幸せなんだよ。手や足がない人だっているし、あっても動かせない人だって大勢いる。また、目の見えない人や耳の聞こえない人たちだって大勢いる。サンシャインには、足が不自由な猫や、目の見えない、また耳が聞こえない猫のことがわかるかい」

「ごめんなさい。わからない……」

とサンシャインは下を向いたまま、頭を振りました。

「そう、わからないよな。想像はできるけど、なった者にしかわからないものなんだ」

サンシャインはやっと顔を上げ、ジュンの目を見て言いました。

「うん、そうだね。私は、目は見えるし、音も聞こえるし、手足もあって自由に動かせるから、そういうのはやっぱり想像はできても、わかりそうもないわ」

「まあね。でも、わかろうとすることが大切なんだ。そういう者たちも一緒に生きていける世の中にしていかないとな。平等、平等と言われてるけどさ、本当の平等とは、何かをするときに『同じスタートラインに誰しもが立てる』っていうのが、本当の平等なんだ。お手々つないで、みんなでゴールインなんてのは、偽善ぽくって俺は嫌いだな。自分の頑張り次第で、どうとでもなるものなんだろうけど」

「そうよね。うん、確かに」

サンシャインは静かに頷《うなず》いています。

「しかしだな、人間はゴールに辿《たど》り着いても、新たな目標ができて、そこからがまた、新しいスタート地点になってしまうんだよ」

「ふーん。人間って、複雑なんだね」

サンシャインがじっと考え込んでいると、土蛙《つちがえる》がゲロッとひと声鳴きました。お隣さんが帰ってきたようです。

「俺は十分幸せだよ。故郷に帰れば、両親も健在だし、兄貴も近くにいる。仮に入院とかしても、見舞いに来てくれる人もいるはずだし、俺にも心配してくれる人たちが少なからずいる。それは、愛されているということだ。ありがたいことだ」

「あっ、思い出した！」

尻尾《しっぽ》の先をピンと動かしてサンシャインが叫びました。

「大きな声を出すなよ。びっくりするじゃないかよ」

「話をはぐらかさないでよ。『愛されている』で思い出したわ！　私は女の人のことを聞いてたのよ」

「そうだったかな？」

「そうよ。私がわからないと思って！」

「何もはぐらかしてはいないぜ。間違ったことは言ってはいないはずだけど。人には出会いというものがある。サンシャインと俺が出会ったのも、決して偶然ではないんだよ。出会いを大切にすれば、そこから何かが生まれる。特に、女性とは巡り合いが大切なんだ。神聖な出会いの一瞬に、無理にこちらを向かそうとしても失敗するだけだ。格好をつけても、良いところを見せようとしても、すぐにバレてしまうんだよ。余計にみじめになってしまう。それよりも、あるがままの自分を見せたほうがいいんだよ。こちらにできるのは、ただそれだけ。あとは相手にまかせるしかない。サンシャインも、俺が急によそよそしく、言葉遣いも丁寧になったらどう思う？　変に思うに違いない。そうだろう？　そんな俺なんかと、話なんかしたいと思う？　思わないはずだぜ。どうだ？　サンシャインさま！」

語尾を女っぽく言いました。

「ゲェ！　気持ちが悪ーい。やめてよ。想像しただけでも吐き気がしそう」

「だろう。誰かと会うたびに、『俺はこんなに格好いいんだぞ！』なんてアピールしたところで、たかが知れてる」

「私、人間がわからなくなってきたわ。というか、ジュンがね。何に対しても真剣に取り組んでいるのに、なぜ女の人のことになると『待つしかない』なんて言ってしまうの？　ジュンは花や木やほかの植物さんや、動物さんともお話ができるのに。それに自活しているし、トランペットでジャズのステージにも立って、こんなに大きなお家にも住んでいるんだから、自信持ったらいいじゃない」

「俺は自信はあるけど、どうしようもないって言ってるだろう」

哲学？

「じゃあ、ジュンが普通の歩き方をしていたら、女の人はジュンの良さがわかるの？　そんなの変よ！　私はジュンがどんな歩き方をしていたって、ジュンの優しさがわかるもん。不自由って、いったい何なの？　身体の不自由なところだけに、目を奪われて、まっすぐにその人の良さが見えなくなる心のほうがよほど不自由なんじゃない！」

ジュンは、そんなことは痛いほどよくわかっているのです。正しいことがそのまま通じる世界を、どれほど願っているかしれないのです。

「ジュンには、きっとステキな人が現れるわ」

「本当にそう思うのか？」

「そうよ。私にはわかるもの。私はもうおとなよ」

「そうか。おとなか。じゃあ言うけど、哲学者のデカルトっていう人は『人間は皆平等である』と言ってはいるけれど、それは生きていく上での人格や思想に関しての話で、障碍《しょうがい》を持つ者のことは何も言ってはいないんだ。近代哲学を築いた昔の人だけどさ。バートランド・ラッセルっていう数学者兼哲学者などもね。聖書には不虞者《ふぐしゃ》が排除されるところが書かれてあるし、映画の『ベン・ハー』でも業病といって、ライ病、今のハンセン病だけど、そういう人たちが隔離されている場面がある。日本でも、瀬戸内海の離島に隔離していた。今では薬で完治できるようになったけど。ほかにも部落の人たちへの差別など、跡を絶たない。薬品公害やエイズ。俺《おれ》も砒素《ひそ》ミルク公害の一人なんだけど、そういう人たちがどういう立場に立たされているか、サンシャインにわかるか。バリアフリーが叫ばれているけど、車椅子《いす》の人には、まだまだ行けるところは限られている。俺が子どもの時よりも、はるかに進んではいるけどね。言いたかねーけど、俺が子どもの頃、なんて言われたか知ってるか？　同じ子どもに、『バカ、アホ、骨なし、白痴』なんて言われて、俺よりも両親や兄貴のほうが辛《つら》かったに違いないんだ。でも、俺だってずいぶん悔しい思いをした。鬼ごっこや缶蹴《かんけ》りも、ほかの子どもと一緒に遊べなかったんだ。そのことがトラウマとして身体に染み込んでいるのかもしれない」

そこまで一気に話すと、ジュンは黙ってしまいました。

サンシャインには哲学なんてわかりません。しかし、あとのほうはなんとかわかります。

「でも、ジュンは、一人で音楽の勉強にこの町へ来たんでしょう、故郷を離れて。一人で生きていくって決めて、ちゃんと目的を達成してきたんじゃないの。それは、誰にも負けていないと思うわよ」

「自分にやりたいことがあれば、誰にでもできるんだよ、そんなことは。だからといって、世の中、自分一人だけでは生きていけるものじゃないんだよ。ほかの人の助けが必要なんだ。どこかで誰かが助けてくれているから、人間は生きていけるんだよ。

たとえばさ、新聞一つ見ても、記事を書く人、写真を撮る人、レイアウトする人、紙を運搬する人、広告を載せる企業、印刷する人、新聞ができ上がってそれを各販売店に運搬してくれるドライバー、折り込みを作る人に持ってくる人、みんなが力を合わせて仕事をしてくれているから、俺たちは各家庭に新聞を配達できるんだよ。

ほかのどんな仕事でもそうさ。だから、人間は一人だけでは生きてはいけないんだ。一人ひとりが、自分にできることを一生懸命にやる。それが一つの大きな力となって、世の中を創っていくんだ。

障碍があっても、できることはある。できることが大きいとか、小さいとかは、たいした問題じゃない。小さいことにも、価値があるんだ。

たとえば、時計の歯車が一つでも欠けると時計は動かなくなるよね。どんなに小さな歯車でも大切な一部なんだ。だけど多くの人は、でかいことに価値があると思いたがる。障碍があると、どうしても世の中の役に立てないとしか考えられない人たちも大勢いるんだよ。

真実に価値があるものに気づいて、すべての人間が平等に力を合わせて生きていけるようになるには、もっと時間がかかるんだろうね。みんなが理解し合えるときが来るのを待つしかないんだ。それまで、俺は俺にできることを精一杯やるだけだよ。

待つという言葉は、忍耐という言葉にも置き換えられるんだよ。だから、何も俺のことをわかってくれる女性だけを待っているわけではないんだ」

「そういうことなのか、よくわかったわ。うん、やっぱり私は、ジュンだったら自慢してみんなに紹介できるわ」

「そうか、嬉《うれ》しいこと言ってくれるねー。サンシャインは良き理解者だよ。しかし、不自由があるということで、俺は強くなれたんだとも思うんだ。頑張れるようにもなったよ。

自分は人よりも劣っていると思えば、練習も勉強も人よりも多くやれるんだ。身体がどこも不自由じゃない人たちでも、みんな頑張っているんだぜ。どんなにあがいても手の届かない天才的な人もいる。そんな中で、俺は俺なりの生き方をしなければならないんだ。サンシャインの飼い主だって、頑張ってくれているから、養ってもらえているんだぜ。そうでなければ、捨て猫にされて、餌《えさ》を探して町をうろつく羽目になってるはずだ」

サンシャインは怖くなって身震いしました。

「身体に障碍があるってことはね、少なくとも俺は、他人が思うほど不自由とは思ってはいないんだ」

「どういうこと？」

「サンシャインはピアノが弾けるかい？」

「えーっ、私のこんな短い指で弾けるわけがないでしょう！」

「だろう？　猫の指はピアノを弾くようにはできてないんだ。できないことは逆立ちしてもできないからね。だから、自分にできることに対して頑張るんだ。


ただ、障碍を持っていると、一般の人よりも助長されて頑張っているように見えることもある。何も、特別なことなどしてるわけじゃないんだ。自分に甘えているやつは、自分がどのような状態であっても甘えて、それが当たり前だって思ってしまう。自分でなんとかしてやろうって思っている人は、他人に言われなくても、なんとかするんだ。これは一種の病気みたいなものだね、甘え病という。治るか治らないかは、自分次第だ。

トランペットでも同じなんだよ。最初は良い音なんて出ないんだ。それをなんとかしてやろうと必死で練習すれば、良い音は出るようになるものなんだ。自分自身に厳しくできるかどうかなんだ。

それは自分自身を愛する大切さだよ。自分を愛することができれば、ほかの人も、周りのこともすべて愛することができる。サンシャインの飼い主だって、同じだと思うんだ。だから、大切にかわいがられているんだぜ。よく考えてみな」

上がり目 下がり目 ニャンコの目

「そうね、よくわかったわ」

「今日は練習に行くから、久しぶりに送ってやるよ。いくら部屋で練習できるといっても、あまり大きな音は出せないからね。ツツジさんや、銀杏さんの顔も見たいしさ」

「そうね、ツツジさん、寂しがってたからね。行ってあげなきゃね」

「さーて、今日はどのトランペットを持っていこうかな」

「トランペット、たくさん持っているのね。そんなに持っててどうするの？」

「どうするって、それぞれ音が違うし、演奏する場所によっても楽器を選ばなくっちゃいけない。スタジオか、小さなライブハウスか、大きなステージがあるところか。それと、演奏する音楽の種類によっても選ぶんだよ。聴く人には、あまりわからないかもしれないけれど、自分が納得できる音を出したいからね」

「だから、一に練習、二に練習ってわけね」

「サンシャインは、プロとアマチュアの違いって、何だかわかる？」

「うーん、お金？」

「それもあるけど、目の位置が違うんだ」

「目の位置？　上がり目とか下がり目とか？」

「グルッと回ってニャンコの目ってか。アハハ、そうじゃなくて、自分はどこまでできるかを見る目が違うんだ」

「どう違うの？」

「自分はここまでならできるって言うとき、アマチュアは自分の最高の線で言うんだ。『ここまでなら、調子が良ければできるよ』ってね。でも、プロは自分ができる最低の線で言うんだ。『ここまでなら、最低どんなときにでもできるよ』って。この違いは大きいんだぜ。そしてプロの世界はうまい下手じゃないんだ。何を持っているかなんだ。お金をもらって、お客さんの前で演り始めてやっとわかったんだ。いつでも、どこでも、自分の持っているものを出せなければ、練習でできても本番でできなかったらダメなんだって。変な演奏なんかしたら、次からは呼ばれなくなってしまうもんな」

「厳しい世界なんだね」

「そりゃあそうさ。だから練習は絶対に欠かせない。そこの小さなポケットトランペットは、夜中でも布団にもぐって音を出すのにちょうどいいんだ」

「寝ながらでも練習してたんだ！　すごい」

「それくらいしなけりゃ、自分に納得できないんだ。自分には負けたくはないんでね」

「普通なら、『ほかの人に負けたくない』って言うものなのに、ジュンは自分なのね」

「他人は他人。俺でないと、できない音楽をしたいだけなんだ。ビッグバンドのトランペッターのようには吹けないもんだから、オリジナリティを出したいんだ。ただそれだけだ」

「ハイハイ、ようくわかりました、ジュンの練習好きな理由が。じゃあ、雨もやんだし、出かけましょうか」

サンシャインがひと足先に玄関に出ると、土蛙《つちがえる》がギロリと睨《にら》みつけ、来たときと同じように石段をノッソノッソと下りて、通してくれました。

サンシャインは自転車の前籠《まえかご》に乗り、風を切ってジュンと一緒に走り出しました。

歩いている人をどんどん追い越していきます。

「ジュン、今度会った女の人に話しかけてみて」

「何を話すんだ？」

「何をって、好きですって」

「初めて会って、そんなこと言えるはずがないだろうが。あーあ、お前はいったい何を考えているんだ？」

「あーあ、私が人間の女の人だったら、よかったのになー」

「笑わせんじゃねーよ、まったく。困った猫だよ、サンシャインは」

と呆れた様子です。

しばらく走っていると、

「おい、サンシャイン、あそこを見てみろ！」

ジュンが急にブレーキをかけて、自転車を止めました。

「え！　どこどこ？」

サンシャインは前籠から体を乗り出し、ジュンの見ているほうを見ました。

「東の空だ。ダブルレインボーだ！」

「わぁー本当だ。虹がふたつ、きれいにかかってる」

「きれいだろ」

「うん、こんな虹は見たことないわ」

とサンシャインははしゃいでいます。

「前にハワイで見たダブルレインボーを思い出したよ」

「えーっ、ハワイ！　いいな」

振り返ったサンシャインの目を見て、

「じゃあ、行くか」

とジュンは言いました。

またしばらくすると、

「おい、サンシャイン、西の空を見ろ。きれいな夕焼けだよ」

「本当だ。さっきのダブルレインボーみたいにきれい。空の雲が真っ赤だ！」

「生きているってことは、こんな自然の美しさが見られるってことなんだぜ」
「生きるって大変でも、こんなに美しい夕焼けが見られるんだね」
「あぁ、そうだな」
「またジュンと一緒に見たいな」
「また一緒に見れるさ、きっと」

二十年

気がつくと、もう銀杏《いちょう》並木を走っていました。

「あーあ、もう着いちゃった。自転車だと早いね、やっぱり。私、今日は朝から出てきたから帰らなくっちゃ。もう帰るね。ツツジさんに聴かせてあげてよ、寂しがってたから。じゃあね」

と、いつもはあるはずのないブルドーザーが、隅に置いてあるのを気に留めながらも、サンシャインは花壇をあとにしました。

その頃ジュンは、ある決断をしていたのでした。

ジュンの足は立っているだけでも痛みが走り、これ以上は仕事にも耐えられなくなっていたのでした。強い痛み止めの薬を服んで、仕事を続けていたのです。

家族がいる故郷に帰って、本格的に治そうと思っていたのでした。そしてジュンは独り言のように、

「この練習場所も、もうすぐなくなってしまうからなー。帰る時期が来たのかもしれない」

ブルドーザーを見ながら呟いたのでした。

この広場は、姿を変えて花壇もなくなり、遊歩道が一つ真ん中にでき、周りは芝生に変わることになっていたのです。サンシャインは、そのことはまだ知らないのです。

スケボーで走り回っていた子どもたちや、ラジコンのオートバイを走らせていたおじいちゃん。その横には、長年連れ添ったであろう、お弁当を携えて微笑《ほほえ》みながらじっと視《み》つめるおばあちゃん。それを珍しそうに眺める通行人。新聞配達の仲間と一緒にやったテニスや野球。何か考え事があれば、練習もしないでトランペットを膝《ひざ》に置き、何時間も座っていたこの花壇。

ジュンの青春の場所でもあったこの広場が、失われてしまうのです。

二十年近く、ジュンの練習場所であり、思い出の宝庫でもある何の変哲もない広場。しかし、ジュンには、かけがえのない広場。それが近代的な姿に変わってしまうのは、ジュンにとってあまりにも残酷でした。

春になるといたるところに生命の息吹が宿り、梅雨の季節には植物たちの歓喜の声と、アジサイに落ちた雨粒が真珠のような輝きを見せてくれる。

夜明けは、暗闇《くらやみ》が覆う夜空の東側から白み始め、暗闇を切り裂き青紫の雲を従えた空間が遠慮がちに広がり始める。天空の星たちもその明るさによって見えにくくなってゆく。

濃い青紫から赤みを帯びた赤紫へと空の色が変わってゆくさまは、神の存在を疑う余地もないほど美しい。淡い青色と赤色、それに光の色を反射する雲たちの入り乱れた範囲が広がってゆく。

冬に見られるオリオン座のベテルギウスはもう西の空からは見えなくなってしまっている。代わりに東の空には、さそり座の赤い星アンタレスが少し顔を覗《のぞ》かせる。

見る間に明るい空間が暗闇に勝ち、赤紫色の雲が太陽の光を反射し東の空を支配し始める。

夜空は暗闇のマントを脱ぎ始め、太陽の明るい光を徐々に受け入れる。夜空で光っていた星たちは一日の始まりで、その姿を隠す。

黄色みを帯びた太陽の光が射すようになると、暗闇は完全に黒いマントを脱ぎ捨て、太陽の光と交代する。

道端に根を張って伸びようとする小さなタンポポの姿を見るのも、幸せを感じる瞬間である。何日か経って少しでも成長している姿を見ると、

〈お前も生きようとしてるんだ。でも俺《おれ》だって負けないぜ〉

と自転車で走りながら話をするのだ。

夏は太陽とヒマワリ、セミの声の力強さに感激する。

次第に深い緑色から淡い黄緑、それが徐々に黄や赤に色を変えてゆく植物

たちの変容の驚き。

昆虫たちの声も、秋の涼しげな声に変わってゆく。コオロギや鈴虫が、初めはぎこちなくノコギリを弾いているのかと間違えるように鳴いていても、銀杏の葉が黄色く色づく頃には、一人前の立派な鳴き方になっているのを聴き逃さなかった。

晩秋には銀杏の葉がスカートをいっぱいに広げ、ゆらゆらと歩道に落ち、あたり一面に黄色い絨毯《じゅうたん》を敷き詰める。その落葉が北風に吹かれ、カサカサと足元に悪戯《いたずら》をしにきては、その自然が奏でるハーモニーに聴き入ってしまう。

冬には、ときどきすべての汚れを綺麗にしようとして雪が降る。辺り一面を白く塗り替える。

ジュンは、すべての季節が好きでした。ずっと、ジュンとともにあった、そんな広場だったのです。

〈俺が帰ると決めて、すぐにこの広場も姿を変えようとは、何という偶然の一致なんだろう。やはり人生の境目に来ているんだな。この町で吸収するものは全部したという気はしている。トランペットを吹く技術も、音楽の基礎も。でも、これからっていう時に、足がこんなに痛み出すとは、神様も悪戯が過ぎるぜ、まったく。四十歳代は飛躍の十年と決めていたのに。その前に、こんなになりやがって……〉

神様なんか信じてもいないくせに、そう言って自分の足を視つめました。

ジュンは練習を始めましたが、身が入りません。背後のツツジさんも気を遣ってか、何も言ってきません。ここが芝生になると、花壇もなくなり、ツツジさんも抜かれてしまうかもしれません。

時の流れは、ジュンにもこの広場にも容赦なく襲いかかろうとしているのでした。

神様

ジュンは神様がいるとは信じていませんでしたが、自分の心の中には神様のような何かが存在していると確信しているのでした。宇宙が創造され、星たちそれぞれが動いている。地球が太陽の周りを回っていることや、そのまた周りを月が回っていること。ほかの天体でもそうで、銀河系も何十何百億年という時間をかけて運動しています。アンドロメダ大星雲も、パルサーやクェーサーという宇宙の彼方にある星たちも、動いているのです。

動くということは、何かの力があるということです。その根源の力が神の力なんだと思っているのでした。ということは、地球にもその力があり、地球に存在するすべてのものにその力が存在していると信じていたのでした。もちろん人間にも、その力は存在するはずです。動物や植物、はては鉱物の石や土、マグマも地の下で動いているのです。人間も同様で、その力が神の力なんだとジュンは信じていたのでした。

その力と自分の忍耐力があれば、どんな困難にも打ち勝てる。「苦あれば楽あり」という言葉がありますが、今までもそう思って生きてこられたのです。「この痛みに打ち勝てば、あとは良いことが待っているはずだ」と頑張ってこられたのです。

今回の苦難も、自分に課せられた壁なんだと言い聞かせていましたが、この足の痛みは薬の力を借りても、どうしようもない状態でした。ですから、ジュンは、現代医学を信じて足の手術を受けようと決心したのです。

そのために、家族のいる故郷へ帰ってゆっくりとリハビリも兼ねて養生しようと決断したのです。

ジュンは、誰にも言わず、心配をかけずに帰りたいと思いましたが、やはりそういうことはできません。この町でお世話になった人たちや応援してくれた人たちに挨拶《あいさつ》をして帰るのが良識というものです。それだけでも大変なことになりそうです。二十年近くもこの町に住んでいたのですから。

〈俺《おれ》には、まだまだやらなければならないことが多く残っているんだ。まだ人生の半分しか生きていないんだ。この町で吸収したことを糧にして、また出直しだ〉

ジュンは、持ち前の強さで気持ちを奮い起こし、絶望よりも希望に燃えているのでした。

一週間ほどは送別会が続きました。

想像以上にたくさんの人たちが別れを惜しんでくれました。長年、正直に信用を築いてきた証拠でしょう。信用なんて、一度でも変なことをしようものなら、崩れてしまって取り返しがつかなくなってしまう脆《もろ》いものなのです。しかしまた、一つひとつ積み重ねてやっと手に入れた信用以上に強いものもないのです。後ろ指をさされるようなことだけはしてこなかった——ジュンはそのことだけでも胸を張れることだと誇りに思っていました。

人と人との間を身体を斜めにすり抜けて前に出ていけば、あとにできる影は、細く小さくなってしまいます。しかし、堂々と前進していく人のあとにできる影は、大きくなります。壁に打ち当たればまともに後ろにひっくり返ってしまいますが、あとにできた影が支えてくれるものなのです。影とは、人間関係や友人との絆《きずな》なのです。困ったときや助けが必要になったときには、必ず多くの救いの手を差し伸べてくれるものなのです。ジュンは、送別会で改めて人々の温もりを手にしっかりと摑《つか》んだのでした。

サンシャインには、数日経ってから打ち明けました。

サンシャインは信じられないという面持ちで、ジュンの言うことを聞いていました。

手術

「この町の病院じゃあダメなの？　なぜ帰っちゃうの？　また戻ってくるんでしょ。だったら、この町の病院のほうがいいんじゃないの？　音楽も、この町のほうがやりやすいでしょう。ツツジさんにも、銀杏《いちょう》さんにも、サクラさんにも、会えなくなっちゃうのよ。それにアリさんやネズミのチュウ助、ほかの犬さんたちともお別れになっちゃうんだよ。

私、毎日お見舞いに行くから、帰っちゃ嫌だよ。この町の病院にしてよ。お母さんもときどき連れていくから。だから、帰るなんて言わないでよ。お友達も大勢いるし、トランペットを教えている人もいっぱいいるし、もっとお話ししたいし、もっと教えてもらいたいこともあるし、だから帰っちゃダメだよ。私、お話しする人がいなくなっちゃうじゃないの。ジュンがいなくなるなんて、そんなの嫌だ！」

「サンシャインの言うとおり、この町のほうが友達も多いし、音楽を続けるには、ここに残ったほうがいいと思っている。でも、このままじゃ、歩けなくなる可能性もあるんだ。俺は、この町に、音楽の基礎と、トランペットを吹く技術を習いに来たんだ。そして今、どこにいようが、音楽をできるようにもなれたよ。

みんなには悪いんだが、もう自分で決めたことだ。家族がいる町で手術を受けて、慌てずにリハビリをしようと思う。今まで猛烈に人生を走って生きてきたから、少し養生しようと思ってさ。人間は何かあったときには、やはり家族が近くにいてくれたほうがいいんだよ。

何年かかっても、歩けるようになってみせるから。希望さえ失わなければ、なんとでもなるんだ。この町で吸収するものはすべてしたようだから、あとは自分の好きなところで花を咲かすだけなんだ。また遊びに来るからさ。わかってくれるね」

ジュンは、もうこの町に戻ることはないと思っていながら、サンシャインを納得させるためにそう言わなければなりませんでした。

ジュンは、サンシャインを膝《ひざ》に乗せ、頭を優しく撫《な》でました。

「私、わからないからね！　ジュンが思っているほど、聞き分けはよくないからね！　ジュンは間違ってる。自分勝手に決めるなんてさ。偉そうなこと言っても、ジュンは自分のことしか考えていないじゃないのよ！　みんなのことなんて、どうなってもいいんでしょ！　人間なんて、みんな一緒だわ。誰も信じられない。帰ればいいわ！　自分勝手に！」

サンシャインは、今まで見たこともないほど怒っていました。

ジュンの膝から飛び降りると、まっしぐらに家に向かって走り出しました。

サンシャインは涙で、信号も、周りの光景も滲《にじ》んで見えなくなっていました。

「ジュンなんて最低！　私に黙って帰ることを決めるなんて」

泣きながら帰り着いたサンシャインを見て、驚いたのはお母さんです。

「何をそんなに泣いているの？　どうしたの？」

涙を拭《ふ》こうともしないで胸に飛び込んできたサンシャインを、母親のマルは、優しくなめてやりながら聞きました。

「ジュンが、ジュンが……」

あとは泣き声で何を言っているのかわかりません。

「ジュンさんがどうかしたの？　泣いてちゃわからないでしょう」

「ジュンが帰っちゃう、ジュンが帰っちゃう。どうしたらいいの？」

「帰るって、どこに？」

お母さんも少し驚いています。

「決まってるじゃないの！　お家《うち》によ。どうしよう」

と言って、また泣き出しました。

「何を言ってるの、この子は。自分の家に帰るのは当たり前でしょう」

「違う違う、違うのよ！」

「変な子ね。わかるように説明してちょうだい」

「だから言ってるじゃないの！　生まれ故郷のお家に帰るのよ。この町からいなくなっちゃうのよ。私たちのことなんてどうでもいいのよ、やっぱり。人間なんて、みんな勝手なんだから」

お母さんはジュンの性格からして、そんなことはないとわかっていました。

「サンシャイン、わけをお聞きしたんでしょう？　なんておっしゃってたの？　ちゃんと教えて」

お母さんはサンシャインから少し離れて、ちょっぴり厳しい口調で問い質しました。

「足の手術をするために、家族のいるところへ帰るんだって……もうこの町でやることはやったからって……音楽なんて、どこででもできるって。故郷に帰って花を咲かすんだって」

「やっぱり、そんなことだと思ったわ。ジュンさんが、みんなのことをどうでもいいなんて思うわけがないでしょう。ジュンさんにはジュンさんの事情というものがあるんです。なぜ、わかってあげられないの？　自分勝手なのは、サンシャインのほうじゃありませんか！　そうでしょう。ジュンさんも悩みに悩み、考えに考えた結果、帰ったほうがいいと思ったのですよ！」

お母さんは、ジュンのことをよく見抜いていました。

「でも、ジュンは音楽も仕事も、この町のほうがやりやすいって言ってるんだよ。手術もこの町でしたほうがいいのに、どうして帰らないとダメなの。私にはわからないわ」

「お前には足の手術がどんなに大変かがわかってないから、そんなことが言えるのよ。ジュンさん、歩けなくなるかもしれないって言ってませんでした？

よく思い出してごらん」

「そういえば、『何年かかっても歩いてみせるから』って言ってたけど」

「それごらん。足の手術はそれくらいに大変なんですよ。おまけに、ジュンさんは一人暮らしなんでしょう？　近くに親御さんがいたほうが、どれほど安心できていいか、自分のことに置き換えてよく考えてみなさい。何もなければ、ジュンさんもこの町から離れるものですか」

「でも嫌だよ。ジュンがいなくなるんだよ」

「それは、お母さんにもよくわかりますよ。あんなに私たちのことをわかってくれる人は、いないですからね。でも、別れはいつか必ず来るものなんですよ」

「嫌だ！　お別れなんて。死んでもいないのに。お別れなんて嫌だ！　嫌だよ！」

サンシャインは、さらに大きな声で泣き出していました。

外で、ジュンがサンシャインを呼ぶ声がしたのは、その時です。サンシャインのあとを追いかけてきたのでした。

お母さんがサンシャインを促しても、サンシャインは頭《かぶり》を振って出ていく気配はありません。ジュンは、お母さんを見つけると、

「サンシャインはもう帰ってますか？」

と尋ねました。

「はい。帰っておりますが、泣きながら帰ってきまして、今はジュンさんと会うのは嫌だと申しておりまして」

「そうですか。それでは仕方がありませんね」

がっかりして肩を落としています。

「足の手術をなさる決心をされたと伺いましたわ。痛みが増してきているのですね。手術は早いほうがいいかもしれませんね」

お母さんは瞬きを一つして、ジュンを視《み》つめていました。

「サンシャインからお聞きになられたのですね。実は、じっと立っていることもできないほどになってしまいまして、自分でも情けないんですが、今では痛み止めの薬を服《の》んで、なんとか生活をしている状態なんです。それをサンシャインにわかってもらいたくて……」

「それは、私からも強く言い聞かせました。ジュンさんにも事情があって故郷に帰るのですからと。あの子も、もう子どもではありませんので、わかってくれると思いますが、なにしろわがままな子でして、ご迷惑ばかりおかけして申しわけなく思っております」

「いや、こちらこそお礼を言わなければなりません。一人暮らしの寂しさから救ってくれたのは、サンシャインなのですから。本当にありがとうございました。サンシャインのことは、一生忘れないでしょう」

「いつ、お発《た》ちになられるのですか?」

「一週間後です。それからサンシャインにお伝え願いたいことがあるのですが、よろしいでしょうか」

「はい、なんでしょう」

「私がトランペットを練習していた銀杏並木の端の花壇のある広場なのですが、もうじき花壇も撤去されます。ツツジも抜かれて芝生に変わり、真ん中に遊歩道が一本できるそうなのです。あの広場がなくなってしまうんです。

サンシャインと初めて会った場所です。そうお伝えください。私にとっては特別な思い出の場所だったところなのです。少し悲しいですが、仕方ありませんね」

笑って生きろ

ジュンの眼から、一筋の涙がこぼれて光っていました。

隠れて聞いていたサンシャインが、たまりかねて窓から飛び出してきました。

「あの花壇が潰《つぶ》されちゃうの！　ツツジさんはどうなっちゃうの？　あんなにジュンのトランペットの音楽を聴いて、あんなにも枝も葉っぱも見えなくなるくらい花を咲かせていたのに、殺されてしまうの？　ひどいよ！」

サンシャインは、涙でグシャグシャになっています。

「ジュンと初めて会った花壇なのに。ジュンが帰ってもあそこに行って思い出そうと思っていたのに。ツツジさんとお話しして、ネズミのチュウ助もいるし、お友達になれた犬さんも通るし、それにアリさんもいるのに、どうして潰されなきゃいけないの……」

ジュンは、自分のTシャツでサンシャインの涙を拭《ふ》いてやりました。

お母さんのマルは、そっと窓から部屋に戻っていました。

「俺《おれ》が帰ることをわかってくれたんだね。ありがとう」

「足がそんなに痛いんだったら仕方がないよね。歩けるようになったら、またこの町に来てね。私がお婆《ばあ》ちゃんになる前にね。そんなにも時間はかからないかもしれないしさ。私、絶対忘れないから」

「それは、俺も同じ思いだよ」

「ジュンがトランペットを練習してたことも、花壇があってツツジさんがあんなにもたくさんの花を咲かせていたことも、みんな忘れられちゃうのかなぁ」

「たぶんね。記憶は薄れていっちゃう。ときどきは思い出す人もいるかもしれないけど、大勢の人は忘れてしまうだろうね」

「悲しいね」

「なあ、サンシャイン、約束してほしいことがあるんだ」

「約束？　なに？」

「俺が話したことだよ。それを忘れないで、生きていってほしいんだ。偉そうなことばかり言ったけどさ、ときどきは思い出してくれ」

「忘れたりなんかしないわ。『なぜ食事をするか』『食べ物に感謝する』『他人のことを心配して行動する』『仕事は自分のためでもあり、他人のためでもある』いろいろ教えてもらったわ。でも、死んじゃあ嫌だよ。いくら『死ぬために生きる』っていっても、死んじゃ嫌。会えなくなっちゃうから」

「誰が死ぬもんか。相変わらずバカだね！」

「あー！　またバカって言ったー。ジュン、その口の悪さは直したほうがいいわよ。絶対にお嫁さんなんか来ないから。注意しとくわね」

やっとサンシャインは笑いました。

「サンシャイン、どんなに辛《つら》いときがあっても、泣きたいときがあっても、笑ってろ。意地悪な神様が、『これでもか！　これでもか！』って攻撃してくるときもある。でも、笑っていたら、『こいつには、いくら意地悪してもこたえないや。チェッ、面白くないやつだな。じゃあ、ヤーメタ』って言って、去っていくはずなんだ。だから、笑いたくないときにでも、笑っていろ。それも練習だ。俺がトランペットの練習するようにな。

泣いている顔と、笑っているときの顔って、口の端が上がるか下がるかの違いだけなんだけど、あとになって大きく違ってくるよ。笑っていれば、ほかの人も集まってくるし、幸運も、知らず知らずのうちに、向こうから自然と来てくれるものなんだ。サンシャインの笑顔は、最高にかわいいんだから」

ジュンとサンシャインは、いつまでも笑っていました。

お母さんのマルも、陰で嬉しそうに目を潤ませて笑っていたのでした。

ジュンは、みんなに見送られて、故郷へと帰っていきました。

人間らしく在れ

ジュンは、故郷に帰って入院し、手術を受けて、ギプスと装具で足の先から胸まで固定されて、身動きができない状態が一年もの間続いたのです。一年十ヵ月にも及ぶ入院生活でした。年老いた両親は、毎日必ず来てくれました。

長い入院生活に耐えられたのは、看護師さんたちの優しい心遣いがあったからです。熱を出したときには身体を冷やし、体が震えるときには電気毛布をかけてくれました。

来る日も来る日も、身の回りのことを細部まで担当してくれたのですから、頭が下がる思いです。看護師さんという職業には免許が必要ですが、やはり何より心の優しさが不可欠のような気がします。いや、絶対にそうなのです。それが看護師さんになるための資格なのかもしれません。また、ジュンも悩んで悩み抜いたからこそ、人の優しさをすべて受け止め、苦痛をもすべて受け止めることができたのです。

ジュンは、車椅子《いす》で移動ができるようになり、少し経ってから、主治医にトランペットの練習をさせてほしいと頼み込んで、病院の中庭で練習を再開しました。一年半以上のブランクがあると、やはり最初はイメージどおりの音は出ませんでしたが、一ヵ月も経つと感覚が戻ってきて、唇も指も自然と動くようになってきました。ただ、胸まである装具が邪魔になって、深く息を吸い込んで吹くことはできませんでした。

ある日、見舞い客らしい五十歳くらいの綺麗《きれい》な女性が話しかけてきました。お母さんが、この病院の内科に入院しているとのことです。ジャズが好きで、今度コンサートを予定しているそうです。そしてなんと、ジュンに演奏してほしいと言うのです。ジュンは嬉《うれ》しくて、二つ返事でＯＫを出してしまいましたが、本当に演奏ができるのかどうか、不安でした。その女性が言うには、相当練習を重ねたトランペッターだ、と音を聴いた途端にわかったということでした。ジュンは、その日は、ずっとその人と話をしていたい心境でした。

ステージの日、早めに会場へ行ったのですが、リハーサルもなく、いきなり本番でした。共演者もみんなプロの人たちです。リーダー格の年季の入った人が、「楽器の持ち方で、どれくらいの実力があるか、すぐにわかるものだ。

ジャズはその日の出来心」と、リハーサルなしで、本番に突入したのでした。

ジュンは、退院はしていましたが、まだ車椅子は手放せません。十分に音を出せるのか心配でした。

しかし、最初の曲のイントロが始まると、不思議に今までの不安はどこへやら、勝手に音が出るのです。これにはジュン自身、驚いてしまいました。

今まで長い間練習してきたものが、吹き出るのです。何かに取り憑かれたように、音楽が進んでいくのでした。ジャズを演奏している人とは、目と目で合図ができるし、テンションノートという、コードと合わない音をわざと出しても、それに感化されて、共演者が同じ音で返してくるという音の会話ができるのです。これこそが、ジャズの醍醐味《だいごみ》なのです。

トランペットが、生き物のようにジュンの体温よりもはるかに熱くなり、ただただ、良い音楽を演奏しているということしか自覚せず、演奏したあとは全然何も覚えていないという状態に入り込んでいました。以前、何度か体験した感覚でした。

ジュンを誘った女性も、最初は客席の真ん中で立って腕組みをしながら聴いていましたが、ジュンのアドリブを少し聴くと、頷きながら奥のほうに行ってしまいました。その横顔は、微笑《ほほえ》んでいました。

ジュンは今、機会を与えられ、忘れかけていた「勘」が戻ってくるのが楽しくて仕方がありません。

「笑って生きろ」とサンシャインに言ったことを、ジュンは、もう一度心の中で繰り返すのでした。チャンスは向こうからやってくるのです。

今、ジュンの足は、手術をしたほうが短くなりましたが、必ず歩けるようになると信じています。

あきらめるのは簡単ですが、それをしてしまうと、向上はあり得ません。自分の「歩きたい」という意志と、医者や看護師さんの「歩かせてあげたい」という思いが重なれば、不可能はないと信じています。お互いの相乗効果が生まれるのです。それは、お互いを信じ合うことです。医師及び看護師さんと患者、親と子、教師と生徒、師匠と弟子、隣近所、友人と。日本は今、それが薄れ過ぎています。

「人間らしく在《あ》れ」とは、信じ合うという行為なのでしょう。それを実現させるには、まず自分を律していかなければなりません。ジュンは、一人だけでもそれをやっていこうと、心に誓っていました。
今までも、あきらめないで、「歩いてみたい」「自転車に乗りたい」「トランペットを吹きたい」と思って続けてきたからこそ、時間はかかりましたが、ここまで生きてこられたのです。ふりだしに戻っても、また、あきらめずに前に進むだけです。

サンシャインは、ジュンが退院した時にはもうお母さんになっていました。ジュンから学んだことを守りながら、子どもたちにも、ジュンから教わったことを言い聞かせて、善悪を教えています。いつの日か、ジュンと再び会えることを思い描きながら、生きていっているのでした。

あとがき

退院後、ギプス代わりの足先から胸までもある装具に身を包み、歩く鳩にも追い抜かれるようなスピードで、自宅と二百メートルほど離れた実家との間を杖《つえ》をついて往復する私に、何を思ってか、ついてくるようになった半ノラ猫がいる。

飼い主はいるのだが、腹が減ると、私の実家の玄関先でじっと待っている。雨や風、寒さ暑ささえ関係なく、後になり先になり、二十分あまりかかって私が玄関に辿《たど》り着くのを、見守るようについてくるのである。

〈アイツをモデルに、おとなでも読める童話を書けないかなー〉と、ほとんどアドリブで書いたものが、この本である。

本文中に出てくる話のほとんどは、私が経験（体験）したことで、トランペット練習場所でネズミがからかうように私の周りで遊んでいた様子や、犬の散歩に来る人が「ツツジはジャズが好きなんだな」と言ったので後ろを見ると、アーチ形にたくさんの花を咲かすようになっていたことなど。動物や植物に音楽がわかるとは思えなかったのだが……。

現在も部屋で育てている観葉植物たちは、想像をはるかに超える生長ぶりで、驚かされている。音楽は、人間以外にも何らかの影響力があるように思えてならない。

また二十代の初め、膝にトランペットを置いて練習休憩中に、女子中学生

が、

「童謡の『金魚の昼寝』、トランペットで吹いて」

と私に声をかけてくれたことが、子猫を擬人法で登場させるヒントになっている。

確固として自分の中に存在しているもの。それは過去である。

どんなふうに親に育てられたか、兄弟に先生や友達、師匠、仲間。山や海、星や月に太陽。網膜に映るすべての景色。どこでどんなときに、いかなる状態で脳裏に映ったかも、人間には重要な事柄であり、映画や音楽もまた然りだ。

現在の世の中を見渡せば、あまりにも自分勝手な人間が増殖している。私は常々、教育こそがもっとも重要であると思ってはいるが、それ以前の、親が子どもに伝える「躾《しつけ》」がおろそかになり過ぎていると思えてならない。「躾」――なんと美しい漢字であろうか。辞書には「礼儀作法」と簡単に説明されているが、人間として、最低守らなければならない事柄、それが「躾」である。

躾が必要なのは、子どもたちだけではなく、今のおとなたちにも必要なのではなかろうか。それを文章で、表現したかったのだ。要するに、己の行動に「気づくこと」なのである。

「ぺちか」。私の支えになってくれている人の呼び名である。この人の存在がなければ、この『子猫とトランペット吹き』という本は、出版されなかったはずである。

尽力してくれた「ぺちか」に感謝するとともに、読者の皆様の温かい心をさらに呼び起こす本になればと願ってやみません。

二〇一一年十二月

堀北　純生

著者プロフィール

堀北 純生（ほりきた すみお）

1956年3月5日、大阪府で生まれる。
大阪府立堺養護学校高等部普通科卒業。

現在は大阪府に在住し、ジャズトランペッターとして活躍中。
「大阪市福祉教育語りの会」副代表を務め、企業や学校などで講演を行う。
ガイドヘルパー養成研修講師、ホームヘルパー養成研修講師。音楽療法研修も行う。

子猫とトランペット吹き

2023年１月15日　初版第１刷発行

著　者　堀北 純生
発行者　瓜谷 綱延
発行所　株式会社文芸社
〒160-0022 東京都新宿区新宿1－10－1
電話 03-5369-3060（代表）
03-5369-2299（販売）

印刷所　株式会社暁印刷

ISBN978-4-286-27040-1